트랜스내셔널 디아스포라와
혼종적 정체성

르 클레지오의 모리셔스 가계 서사와
모로코 여성 서사 연구

르 클레지오의
모리셔스 가계 서사와
모로코 여성 서사 연구

트랜스내셔널 디아스포라와
혼종적 정체성

이희영 지음

머리말

모리셔스계 프랑스 작가 장 마리 귀스타브 르 클레지오(Jean-Marie-Gustave Le Clézio)는 자문화중심주의와 민족주의 그리고 차별과 혐오가 범람하는 시대에 소수 지배 국가가 강압하는 획일화에 저항하는 다문화주의, 타자화된 약자에 대한 공감과 연대, 생태주의 그리고 여성주의를 부각하는 문학으로 사회 참여적 태도를 견지한다. 주류 문명에 대한 비판적 성찰과 새로운 출발과 지리적 탐험 그리고 시적 모험과 관능적 환희를 담은 작품으로 근원적 인간성을 탐구(2008년 스웨덴 한림원 노벨문학상 선정 이유)하는 작가는 감각적인 이미지의 형상화와 풍부한 감정 표현을 담은 서정적 묘사, 음악성을 살린 문체가 두드러지는 서사에서 구조의 변화와 조합을 통해 시간적 · 공간적 한계를 초월하는 신화적 세계를 그린다. 서구화된 현대 물질주의가 아닌 소위 제삼 세계라 불리는 소수화된 문화의 전통과 시원(始原)에 감흥하는 르 클레지오는 아프리카와 아메리카 그리고 오세아니아와 아시아의 여러 지역에서 체험하고 습득한 문화의 다양성과 고유한 가치관을 존중하고 인간을 포함한 모든 존재가 소통하던 시원의 자연에 대한 희구를 담은 자신만의 문학을 창작한다. 경계적이고 혼종적 문화 정체성을 구축하는 작가는 지배·피지배 구조를 상정하는 대립적 세계관을 지양하고 이질적 생각들이 창조적 다양성으로 재탄생하는 공생의 미래를 제안하고 인간뿐 아니라 지구의 모든 존재와 공존하는 생명권 존중-생태주의를 강조한다.

이 책은 르 클레지오의 모리셔스 부계 이주사를 변주한 장편 소설 『혁명』과 『알마』와 모로코 여성 이주 서사 『사막』과 『황금물고기』 연작을 중심으로 작가의 일관된 신념인 탈식민주의와 다원주의 그리고 생태주의를 부각하는 서사들의 구조와 담론을 분석한 필자의 연구를 재구성한 결과물이다. 르 클레지오는 자신과 가족의 근원적 장소인 모리셔스 섬과 아프리카 대륙을 기억의 장소로 기리며 식민지 역사를 다시 쓰는 이주 서사를 증언함으로써 비인륜적 폭력에 대한 성찰을 요구하고, 서구중심의 경제·정치·사회·문화적 가치를 비서구 국가에 강요하는 국제화 현상에 대한 비판을 환기한다. 트랜스내셔널 디아스포라(탈국경적 이산離散) 현상은 이미 세계 곳곳에서 심각한 사회·정치적 갈등을 빚고 있으며, 서유럽이나 미국 같은 경제 선진국으로 새로운 삶의 기회와 안전한 거주지를 찾아 가족의 생존과 번영을 위해 이동하는 사람들이 이민법을 위배한 범죄자가 되거나 강제 노역이나 인신매매 등의 희생자가 되는 인권 침해의 비극적 사건·사고들도 비일비재하게 일어난다. 이민자와 여성으로 대표되는 사회적 약자, 타자화된 이주민에 대한 윤리적 환대가 절실하다고 주장하는 르 클레지오의 문학적 신념, 문화 다원주의와 탈식민주의적 생태주의는 동시대 전 지구적 과제와 일치한다.

목차

머리말　*5*

모리셔스의
에코토피아

—

『혁명』의 다성적 이주사와
탈식민주의적 생태주의

르 클레지오(Jean-Marie-Gustave Le Clézio)는 탈식민주의에 근거하여 서구열강의 식민지 지배 역사를 냉철하게 비판하면서 자신을 모리셔스인이자 프랑스인이라는 이문화의(異文化 interculturel) 경계적 또는 트랜스내셔널[1] 정체성을 가지는 작가로 정의하고 세계화 시대에 위태해진 소수 문화를 지지하고 인간 내면의 정신적 성찰을 강조하며 생태주의의 중요성을 설파한다. 동시대의 주요한 화두 중 하나인 국제적 이주자들의 인권 존중과 윤리적 환대와 공거(共居)의 필요성을 조명하는 작가는 탈국가 · 탈민족적 정체성을 구축하는 '호모미그란스(homomigrans)', 이주하는 인간의 서사를 창작함으로써 다문화 공동체의 보편주의를 주장한다. 또한 문화적 경계를 가로지르는 장 · 단기 이주와 여행의 직 · 간접 경험을 기반으로 창작한 인물의 혼종적

---

1 이 글에서 트랜스내셔널(transnational)은 국경 초월적 또는 '탈국경(적)'이라는 의미이며, 디아스포라(diaspora)는 광의의 이주를 뜻한다. 르 클레지오의 작품은 전쟁 또는 영토 분쟁처럼 역사적 사건에 의해 촉발된 강제적 이주, 본인과 자녀를 위해 더 나은 삶의 장소를 찾아 이동하는 경제적 이민 또는 조혼 강요를 피해 자유로운 삶 개척하기 위한 여성의 이주 등 다양한 시대와 국가들의 시공간적 배경에서 펼쳐지는 이주 서사들을 광범위하게 포괄한다.

정체성 구축을 그린 서사에서 타자화된 이주자들의 디아스포라 문학을 통해 범세계주의적 인권 존중과 다원주의적 가치관을 명시한다. 상업화되고 도시화한 서구사회에 대한 비판적 시선에서 현대인의 소외 현상을 조명한 작가는 1980년대부터 서구 주도적 팽창주의로 인한 분쟁과 갈등, 호전적 침략의 식민주의 역사가 경제·문화적 지배로 이어지는 강제적 세계화, 분쟁·전쟁 또는 정치·경제적 난민의 수용 및 배제 문제와 특히 상대적 약자인 아동과 노인 그리고 여성의 인권 유린 문제를 고발한다. 또한 식민지 지배 역사에 대한 통시적·공시적 비판과 함께 전쟁의 참혹성을 증언하는 작품, 모로코에서의 식민지화 전쟁을 기록한 『사막』, 알제리 전쟁의 부당한 희생을 서술한 『조서』와 『혁명』, 나이지리아 비아프라 전쟁을 고발한 『오니샤』와 『아프리카인』, 이스라엘·팔레스타인 국제적 분쟁의 비극을 묘사한 『떠도는 별』 등에서 폭력의 피해자이자 희생자들의 목소리를 전달하며 특히 고인들의 이름과 행적을 기억하며 추모하고 삶의 터전을 빼앗기고 난민이 되어 정처 없이 떠돌거나 불법 체류자가 되기 일쑤인 이들의 현실적 고통에 대해 진술한다.

르 클레지오는 특히 모리셔스를 포함한 아프리카 대륙을 기점으로 펼쳐지는 이주 서사를 통해 자신의 다원주의적 신념과 세계문학의 의의를 피력한다. 영국 국적을 지녔지만, 자신을 아프리카인으로 여겼던 아버지의 영향을 받았던 르 클레지오는 프랑스어로 창작하는 모리셔스계 작가라는 혼성의 탈국경적 정체성을 구축한다. 작가는 나이지리아에서 유년기 일부를 보내며 눈 부신 태양 빛 아래 빛나는 야생 자연에서 만끽한 자유와 들끓는 생동감을 몸과 마음에 새긴 후 각별한 애정 관계를 형성한 결과 자신의 잉태 장소인 카메룬을 근원적 장소로 여기고 아프리카 대륙을 어머니의 땅이라 명명한다(이희영 2016). 자신이 이방인처럼 느껴졌던 프랑스와 영국의 서구 유럽 중심 문화가 아닌 소위 제삼 세계라 불리는 소수화된 문화와 신화적 세계에 관해 탐구한 작가는 아프리카와 아메리카 그리고 오세아니아와 아시아의 여러 지역에서 체험하고 습득한 문화의 다양성과 고유한 가치관을 존중하고 시원의 근원적 자연에 대한 희구와 인간을 포함한 자연의 모든 존재가 소통하는 문학 세계를 구축한다.

르 클레지오는 자신과 가족의 근원적 장소인 모리셔스 섬과 아프리카 대륙을 기억의 장소로 기리는 작품, 『황금을 찾는 사람』, 『로드리게스 여행』, 『오니샤』, 『검역』, 『혁명』, 『아프리카인』, 『허기의 간주곡』, 『알마』 등에서 고향을 떠나거나 회귀하는 이주 서사를 변주하는데 그 주인공은 새로운 장소를 모험하는 여정 동안 시련을 겪으며 성장하고 다른 문화를 경험하면서 정체성을 재구축한다. 이러한 전형적 작중인물과 모험 구조의 유사성 그리고 중복 모티브 등의 일관된 서사적 특징을 공유하는 작가의 작품세계는 상호텍스트성을 가진 총체적 서사체로 수렴된다. 르 클레지오는 자기 가족의 이주사를 변용하면서 오랜 기간 잊힌 과거 식민지배 역사를 다시 조명하는 문학작품을 통해 모리셔스처럼 작은 섬 국가들의 크레올 문화를 지지하고 두 이상의 문화적 배경을 가진 일종의 혼성적 세계관을 서술한다. 동시에 대여섯 개의 소수 언어가 지배적으로 군림하며 서구적 세계관을 우월한 가치로 부흥하고 획일화된 문화를 유통하는 국제화 현상에 대한 비판을 통해 소수화된 언어와 문화-유목민이나 원주민들의 고유 언어와 문화-의 소멸을 우려하면서 다원주의의 필요성을 환기한다.

첫 소설 『조서』로 1963년 르노도를 수상했던 르 클레지오가 40년 후 출판한 『혁명』은 문화다원주의와 탈식민주의 그리고 생태주의라는 작가의 신념이 서정성이 돋보이는 모리셔스 이주 서사로 구현된 수작이라 평가된다. 개인의 삶을 지배하는 역사적 조건과 한 사회의 일원으로서의 규율과 운명에 저항하는 주인공의 인생 안에 저자의 문학이 지향하는 철학적 추구를 충실하게 반영한 작품으로 탈식민주의와 다문화주의, 시원의 자연으로의 회귀와 생태주의라는 작가의 신념이 세대별 인물이 모험을 통해 성장하고 새로운 자아를 발견하는 다성적 서사 구조에 펼쳐진다. 작가는 인류의 역사 속에서 주기적으로 반복되는 전쟁과 혁명이 그 시대를 사는 개인들의 인생에 어떤 영향을 미치는지 보여주기 위해, 『혁명』에서 자신의 분신과 같은 주인공 장 마로를 통해 개인의 방황과 실존적 고민을 보여준다. 장 마로는 1960년대의 니스에서 알제리 전쟁의 공포로 점령되는 현실에서 정의할 수 없는 불안에 시달리게 되며, 참전을 거부하는 선택을 통해 이 소설 속에서 전쟁의 부조리함과 폭력적 역사의 비극을 겪는 사람들의 내면적이고 성찰적 고민을 부각한다. 전쟁은 불확실성과 비현실성으로 개인의 삶을 공격하고 그 시대의 청년들이 존재하고 사랑하는데 난관이 되며, 결국 그들에게서 젊음을 앗아간다는 사실을 서술하는 작가는 자신의 인생에서 가장 격동기로 기억하는 청년기의 체험을 되새기면서 성숙한 현재의 관점에서 과거의 사건을 새롭게 해석하고, 이 재해석의 과정을 통해서 과거의 상처를 극복하고자 노력한다. 저자는 자신이 속한 사회계층의 도덕이나 규율에 순응하기를 거부하고 전쟁과 혁명의 격동기 속에서도 자신의 인생에 의미를 부여하기 위해 여행을 계속하는 장의 모습을 통해 진정한 자아를 찾기 위해 노력하는 개인의 모습을 보여준다.

또한 르 클레지오는『혁명』에서 마로의 가문으로 분한 자기 조상들의 기억 속에서 가족 구성원의 성격을 규정짓고, 구성원이 지향하는 방향과 그 가문의 본질적인 성격을 강조하면서 하나의 가족 신화를 기록하고 있다. 또한 마로 가의 구성원들이 여러 세대를 걸쳐 서구 유럽의 식민지 지배와 전쟁 그리고 노예화를 반대하면서 식민지의 해방을 지지해왔으며, 전쟁과 혁명의 역사 속에서 가족을 지키기 위한 투쟁과 희생은 대물림되어 후손의 정체성에도 흔적을 남기는 과정을 보여준다. 가족사 소설로서『혁명』은 가족이라는 프리즘을 통해 혁명기의 사회 변화 과정과 역사적 환경에 따라 가족의 운명이 변화되는 과정을 통시적으로 전개하면서 전쟁과 혁명이라는 시대적 상황에서 식민주의와 전체주의를 거부하는 가족의 이민사를 집중적으로 조명한다. 가족사 소설은 세대의 지속을 통해서 한 가족의 융성과 쇠퇴의 반복적인 순환의 과정을 서술함으로써 변천하는 사회와 역사 그리고 인간의 밀접한 상호관계를 보여주기에 적합한 문학 형식이며, 세대별 가족 이야기의 배경이 되는 시대상을 구현하고 동시대의 이념이나 가치 그리고 전통을 다양하게 수용하여 역사적으로 서술하는 방법으로 저자의 이념이 서사 공간에 융합되어 표현된다(민희식 2012:28-29:104-110).『혁명』은 격동하는 사회 속에서 자신의 운명을 개척해 나가는 마로 가문의 역사를 기록한다는 의미에서 가족사 소설이지만, 전통적인 사실주의 가족사·연대기 소설과는 차이가 있다. 작가는 이 작품에서 과거의 풍속을 자세히 기록하는 사실주의적 묘사에 집중하지 않으며, 일반적인 가족사 소설에서 중요하게 다루어진 경제적 문제나 계급투쟁 등은 다루지 않고 시대에 걸친 세대 간 갈등 등의 플롯에 몰입하지 않는다. 르 클레지오의 소설은 식민지 팽창주의 시대 프랑스와 영국 등이 경쟁적으로 해외 영토를 차지하기 위해 벌였던 반복되는 전쟁의 역사를 기록할 뿐 아니라 위대한 제국의 건설이라는 프로파간다로 희생된 개인들의 굴곡진 역사를 기록함으로써 그동안 잊혔던 평범한 이주자들의 상흔을 증언하고 상실된 기억을 기록하여 전달한다. 유럽의 식민주의 정책의 결과 빚어진 수많은 대립과 전쟁의 폭력적 역사 때문에 자기 조상들이 고향을 떠나 척박한 섬으로 이주해 새로운 삶의 터전을 건설했지만, 연이은 섬 쟁탈 전쟁과 노예무역으로 번성한 대농장 건설로 인해 땅을 빼앗기자 유럽에 재이주하여 이방인으로 살아가야 했던 가족사를 기록하면서 식민지 전쟁의 수많은 피해자의 목소리를 전한다. 역사의 불공정과 해방의 주기를 통해 지리적 도피와 상처 그리고 회복이라는 주제들이 반복되면서 거울 효과를 가지는 이 소설에서 저자는 호전적이고 영웅주의적인 정복자들이 터트린 전쟁에서 희생자가 되는 피난민들의 삶의 고통을 다룰 뿐만 아니라 그들의 삶에 대한 애정과 용기 있는 삶에 대한 태도와 생명에 대한 희망을 부각한다.

우선 『혁명』의 다성 복합 서사 구조와 서정적 문체의 특징을 살펴보고 서사들이 가지는 이주의 특징을 비교하면서 인물들의 유형을 구분하고 이어서 역사의 재조명을 통한 식민지 역사의 비판이라

는 작가의 철학을 탈식민주의 담론과 생태주의 담론을 통해 분석할
것이다.

1. 다성 복합 서사 구조

르 클레지오의 작품 중 최장편인 『혁명』은 1789년의 프랑스혁명
을 시작으로 하여 1968년 멕시코 학생 혁명까지 유럽과 아메리카
그리고 아프리카 대륙을 가로지르는 마로(家)의 역사를 복수(複數) 화
자가 서술하는 다성(polyphony) 복합 서사 구조를 활용한다. 세대별 주
요 인물의 서사가 교차 진행되는 이 소설은 170여 년의 국경을 넘
나들며 펼쳐지는 한 가족의 이민사를 전개하면서 이야기를 분절하
거나 시차적인 순서나 드라마의 진행을 변주하여 탐정 소설, 즉 후
손이 선조 모험의 비밀을 추적하는 스토리텔링 특징을 갖는다. 다른
한편 시간과 공간의 유희가 돋보이는 단속적(斷續的) 플롯 속에서 흐
름을 끊는 분기점과 메워야 하는 공백 그리고 불확실함과 의미적 모
호함을 서정적 문체의 깊이로 보충한다. 이 소설이 가진 풍부한 서
정성은 식민주의 역사의 비극에 휘말린 피해자들의 삶에 대한 정서
적 공감을 호소하는 효과가 있다. 인물 감정의 섬세한 분석이나 묘
사를 통해서 서정적 객관성을 표현하거나 어조와 이미저리를 활용
한 현대 소설을 서정 소설(lyrical novel)로 분류한 프리드먼의 연구(1989)
에 근거한다면 『혁명』은 광의의 서정적 소설에 해당한다.
　이 소설의 내부 서사들을 구조적으로 분석하자면, 『혁명』의 시작

과 끝, 그리고 중심축을 이루는 장의 성장기는 화자 서술자 서사(코핸 외 1997:227-250)로 진행되며, 프랑스 니스에서 고등학교를 수료한 장은 알제리 전쟁의 참전을 거부하고 런던에서 의학을 공부한 뒤 멕시코로 향하며 그곳에서 68 학생 혁명을 겪은 후 조상의 땅인 브르타뉴와 모리셔스 섬으로 귀환하는 여정이 펼쳐진다. 마로(家)의 마지막 후손인 장의 주(主) 서사에 편입되는 첫 번째 부(部) 서사는 카트린의 추억담으로 60여 년 전 모리셔스의 기억이 파편처럼 분산되어 교차한다. 그녀의 회상은 18세기 장 외드 마로의 이주기로 연결되는데, 프랑스 대혁명 시기 오스트리아 전쟁에 참전한 후 브르타뉴 고향을 등지고 모리셔스로 이주하는 과정이 주인공 서술자 서사로 서술되면서 앞선 두 서사와 교호한다. 이어서 킬와(Kilwa) 출신 키앙베-노예 무역의 피해자-의 부(部) 서사는 장의 주(主) 서사 후반부에 분절되어 엇갈린다. 이렇게 시대와 문화적 배경이 다른 인물들의 고유한 서사들을 교차 진행하는 다성(多聲) 구조는 그들의 심경 변화를 상세히 묘사하거나 역사적 사실들을 서술하기에 적합하며 다원적 세계관이 담긴 가족사를 통시적으로 기술하기에 적격하다.

이 작품이 갖는 형식적 측면의 특징으로 작품 구성의 서두와 말미를 아우르는 주축 서사가 가문의 이주 경로를 순환한다는 점(원점 회귀형 소설), 그리고 작품 전체에 산재하여 서사의 전체적 흐름을 이끌어가는 교차 서사의 리듬성을 지목할 수 있다. 인물별 서사에서는 선형적으로 사건이 전개되지만, 교차 병치 구조를 통해 개별 서사들을 종횡으로 넘나들며 공간과 공간을 이동하고 시간대를 뛰어넘는 입체적 이동으로 사건의 전개가 이뤄진다. 개별 서사의 스토리는 사건들의 첨가와 결합의 조직체로 연속성을 중심으로 그것들이 통합적으로 배열되고 해석되는 반면, 서사별로 대체되는 유형(사건의 유사 혹은 대립), 위치(배경의 대립), 행위자(대립하는 일단의 인물)에 준거한 계합적 조직체로 사건들을 배열 또는 해석이 가능하다(코핸 외 1997:101). 『혁명』에서 전쟁의 발발, 난민의 이주, 기억의 보유자/전수자, 혁명의 주도자/방관자를 구별해 주는 사건들을 기반으로 마로(家) 이주사를 전쟁과 혁명의 반복이라는 인간의 비극적 역사와 비교하며 공적 역사와 사적 역사의 유사성을 기반으로 은유 · 상징적 독해가 가능하다.

　『혁명』의 서사별 구조적 특징과 문체적 특징을 자세히 살펴보자. 우선, 주축 서사의 플롯을 발단(initial situation), 전개(development), 절정(climax), 해결(resolution)의 단계(Foster-Harris 1985:91)로 구분하자면, 알제리 전쟁 전후는 발단 과정이며 장이 영국에서 유학하는 전개 단계를 지나 멕시코 혁명의 현장에서 격동적 절정에 다다른 뒤 선조의 고향 브르타뉴와 모리셔스를 방문하여 마로(家) 역사 기원의 장소를 찾아내 기록함으로써 단절되었던 가족사를 재건하는 과제를 완수한다. 전통적인 화자 서술자 시점으로 기술된 장의 서사는 순차적 인생 여정을 니스, 런던, 멕시코시티, 파리, 뤼넬로(브르타뉴), 에벤느(모리셔스)의 '기억의 장소'를 방문하는 이주기로 구성된다. 그가 머문 도시와 국가는 가문의 역사가 펼쳐진 공간이기에 후대와 선대의 이주 경로가 중첩되면서 현재 시제로 서술된 주 서사에 대비되는 부 서사의 과거 시제를 통해 장이 복구한 마로 가문의 역사를 재현하는 구조의 소설이다.

　주 서사는 소년에서 성인으로 성장하는 주인공 장 마로가 알제리 전쟁과 68혁명 등의 중요한 사건들을 직접 체험하면서 동시대를 살아가는 다른 구성원들과의 교류하고 스스로 정체성을 확립하는 과정이 직접적인 대화와 세심한 감정 묘사를 통한 서정적 문체로 전개된다.[2] 저자는 장을 세계를 느끼고 감상하는 자각자로 표현하고 그의 감정과 생각을 직접적으로 제시하면서 서정적 문체를 통해 서사를 이끈다. 르 클레지오는 자기 분신 같은 장을 가문의 기원지인 모리셔스로 보내 임시 피난처가 되어 버린 폐허의 황폐함 속에서 조상의 비석을 찾아냄으로써 시공간을 가로지르는 하나의 거대한 서사를 완성한다. 이 마지막 장면에서도 뛰어난 서정성, 즉 장의 섬세한 감정 묘사와 주위의 자연과 공감하는 주인공의 모습을 통해 신비로운 가문의 신화를 완성한다. 이렇게 저자는 서정적 문체와 서사적 문체를 필요에 따라 변주하면서 주인공이 알제리 전쟁과 멕시코 혁명을 어떻게 인식하고 또 현실에서 대응했는지를 독자가 그의 생각과 감정에 공감할 수 있도록 서술한다.

그 비석의 중앙에는 세월이 흐르고 아무도 돌보지 않았는데도 아직 충분히 읽을 수 있는, 바로 그 이름이 끌로 새겨져 있었다. 마로. 장은 장 외드와 마르 안느를 위해 그토록 단순하고 그토록 아름다운 판석이 마련되어 있으리라고는 기대하지 않았다. (...) 바로 이곳, 다른 어느 곳도 아니고, 바로 이 판석 아래에, 로질리의 꿈이 살아 있는 것이

---

2 다만 장의 서사 중간에 기재된 알제리 전쟁에 대한 일지 「결정체cristaux」만은 매우 절제된 표현들로 이뤄져 있으며, 이러한 건조한 문체의 신문 보도 나열은 전형적 역사서의 기술 방법과 차이가 난다. 르 클레지오는 알제리 전쟁에 대한 모든 정치·사회적 분석과 판단을 거부하고 사망자와 사상자를 나열하는 속보-프랑스 통신사의 실재 지급편(至急便)-들을 나열하는 방법으로 참혹한 폭력에 희생된 생명을 부각한다.

다. (522) Au centre de la dalle, gravé au ciseau, encore très lisible malgré le temps et l'abandon, il y a le nom MARRO. Jean n'avait pas espéré pierre plus simple et plus belle pour Jean Eudes et Marie Anne. (...) C'est ici, sous cette dalle, et nulle part ailleurs, que survit le rêve de Rozilis. (532)

꿈같았던 어린 시절(Une enfance rêvée)의 추억담을 들려주는 카트린은 장에게 가문의 역사를 기억하고 기록하는 운명을 전달한 인물로 반복되는 둘의 만남을 통해 선조의 이야기들이 구전 전수된다. 모리셔스의 추억담을 시작하는 고모는 매번 "예전에, 로질리에서, 내가 네 나이었을 때...(20) Autrefois, à Rozilis, quand j'avais ton âge...(23)"라는 문장을 비밀 주문처럼 중얼거리며 과거로의 시간 여행을 이끈다. 노화로 시각 장애가 생긴 카트린은 장과의 대화로 회상하는 유년기 기억이 더 선명해지고 생명력을 가지게 됨을 느끼면서 잃어버린 낙원에 대한 향수에 빠진다. 다과를 곁들인 카트린과 장의 대화는 그녀의 집, '라 카타비바(La Kataviva)'에서 이뤄지며, 이 은밀하고 아늑한 가족의 사적 공간은 사회의 폭력으로부터 그들을 격리하고 보호한다. 치유적 가족공간 대 호전적 사회공간의 대립, 즉 과거로의 회귀가 가능한 꿈과 몽상의 공간인 집과 알제리 전쟁이 위협하는 현재의 니스라는 사회적 공간이 대립한다. '라 카타비바'는 모리셔스 섬의 집 '로질리'가 과거로부터 소환되어 주축 서사의 시간으로 옮겨오는 공간이며, 로질리의 추억들은 빛바랜 사진과 일지로부터 쌓인 먼지들을 털어내고 카트린과 장의 대화를 통해 생생하게 부활하는 장소이다. 저자는 이런 장면들을 시적 언어와 미메시스의 언어로 채우는데, 서정성

안에서 인식 주체는 대상에 자신의 감정을 투사하는 세계의 자아화가 이루어지기 때문에 대상과 서사적 거리가 소멸하며 시각, 촉각, 미각, 청각 등 감각으로 대상을 지각한다. 따라서 시적 언어로 형용사나 부사어와 감각/인지 동사 같은 감각 언어가 많이 등장하며, 이러한 감각 언어는 주체와 대상이 상호 의사소통을 가능케 하는 주술적 언어로도 변용되어 주체와 객체 사이 그리고 인간의 대상인 자연과도 동화한다. 실제로 카트린은 로질리의 자연과 동화하여 새와 강에게 자신을 이입하고 그 생명체들과 조화를 이루던 삶을 술회한다.

> 때때로 하소연하는 것처럼 작은 울음소리와 함께 계속되는 가르랑거리는 소리는 하늘에서부터 내려오는 음악과도 같았어. 멧비둘기들은 얼마나 귀엽고 순진한지, 마치 모와 같았어. (...) 로질리를 둘러싸고 흐르는 강들의 이름은 세슈 카스카드, 보클뤼즈...(29-30) C'est une musique qui vient du ciel, un ronronnement continu avec de temps en temps un petit cri comme une plainte, les tourterelles sont si petites, innocentes, elles sont comme Maud, (...) toutes ces rivières qui coulent autour de Rozilis, rivière Sèche, Cascades, Vaucluse... (32)

하지만 향수와 초월의 공간인 집-라 카타비바에서 쫓겨나 요양원으로 옮겨진 카트린이 실어증에 빠지면서 로질리의 회고담-마로 가문의 역사를 서술하는 주체가 변하게 된다. 즉 이 시기부터 카트린이 아니라 장이 고모에게 가족사를 술회하는 인물이 되고 이 기억을 서사화하여 후세대에게 전달할 의무를 넘겨받는다. 그녀의 유품인 일기에는 섬에서 마로 가문이 보낸 마지막 나날이 기록되어 있는

데, 로질리의 마지막 날들의 슬픔을 토로하고 분노를 표출하는 카트린의 내면 정서의 형상화를 잘 보여준다. 카트린의 서사는 그 중심 주제가 모리셔스 로질리에서의 아름다운 기억에 대한 향수이기 때문에 풍부한 서정성을 추구하며, 주인공의 수동적 인식은 모든 대상을 받아들이고 그것들을 감각적 이미지로 바꾸고 있다. 특히 이미지의 진전을 통해 경험을 묘사하고 강화함으로써 주인공은 그 자신을 상징적 비전으로 만들기에, 향수에 빠진 카트린은 로질리의 기억 그 자체로 상징화된다.

장 외드의 서사는, 장의 서사와 교차 배치되면서, 조상부터 후손에게까지 반복적으로 강요되는 전쟁과 혁명의 역사적 사건들을 포착하여 전달하며, 특히 전쟁 일지(프랑스 대혁명과 오스트리아 전쟁의 기록)와 항해 일지Nauscopie(1798년부터 1809년까지 모리셔스 섬의 프랑스군과 영국군의 식민지 쟁탈의 역사 기록)의 형식이 두드러진다. 르 클레지오는 이 소설에서 시공간을 초월하는 기제로 일지라는 매개체를 통해 이 형태를 다양하게 변주하면서 마로 가문의 장대한 서사를 진행하고 있다.

1792년 7월. 나는 열여덟 살이 되던 날 뤼넬로를 떠났다. 그곳을 떠나는 순간에는 다시 돌아오지 않으리라는 것을 알지 못했다. (…) 내가 혁명에 대해, 더 나은 세상의 도래에 대해, 전체주의의 붕괴에 대해 말하는 것을 들었기 때문이다. (55) Juillet 1792 J'ai quitté Runello le jour de mes dix-huit ans. Au moment que je le quittais, je ne savais pas que je ne reviendrais plus y vivre. (…) De toute façon elle s'en doutait bien, parce qu'elle m'avait entendu parler de la Révolution, de ce monde meilleur qui devait s'instaurer, de la chute de la tyrannie. (58)

나의 여행 일지, 로질리호로 로리앙에서 일드프랑스까지, 프랑스 혁
명력 6년 제르미날 1일 출발, 테르미도르 20일 도착. (175) *Journal de
mon voyage de Lorient à l'Isle de France sur le brick la* Rozilis, *départ le 1ᵉʳ
germinal l'an VI arrivée le 20 thermidor* (179)

장 외드의 서사는 카트린의 서사에 비해 객관적 관찰자의 시선으
로 진행되며, 일지들의 기록 속에서 사건들의 나열을 중심으로 진행
되기에 그 전개 속도가 빠르다. 분절되어 연속되는 장 외드의 서사
는 1825년 마로 가문이 안정적으로 정착하는 시기의 아내 마이 안
느 나우르의 기록으로 종결된다. 장의 주 서사가 화자 서술자를 가
진 회상으로 진행되는 반면 장 외드의 서사는 주인공 서술자로 진
행되며 과거의 시간을 주 서사의 영역으로 끌어오는 효과를 가지며,
그 결과 20세기의 장과 18-19세기의 장 외드가 동일인처럼 인식되
고 전쟁과 혁명이 반복되는 역사적 상황이 강조된다. 『혁명』에서 마
로 가의 일대기는 구성원의 기록-장 외드의 전쟁 일기와 항해 일지,
카트린의 일기, 장의 전쟁 일지-으로 전해지며, 마지막 후손인 장의
역할은 가족의 이주사를 이어서 작성하고 다음 세대에게 가족사를
전수하는 것이다.[3]

3　르 클레지오는 개인과 가족의 사적 기록이 공적 역사 속 단편적 사실의 공백을 채우는 증언
　　으로 발전되는 과정을 『떠도는 별』에서도 두 주인공인 유대인 에스더와 팔레스타인 네이마
　　의 검은 공책으로 상징화하는데, 각 민족의 역사를 기록하는 임무를 운명처럼 받게 된 두 주인
　　공은 제2차 세계대전, 이스라엘 탄생과 팔레스타인 분쟁의 시기 두 민족이 겪었던 비극의 참

이러한 가족사의 기록과 전수는 마로의 가계 서사뿐 아니라 '킬와'로 명명된 서사에서도 강조된다. 『혁명』의 후반부에 유럽 출신의 장 외드와 마르 안느가 프랑스 해외 영토에 정착하는 식민지 개척자의 가족 이야기와 모리셔스 대농장에서 강제노역에 시달렸던 아프리카 출신 키앙베와 라치타탄이 해방 전쟁에 성공하는 가계 서사가 교차 진행된다. 이 두 가문의 이야기는 모리셔스의 대농장 시대와 노예무역의 역사를 반영하며, 식민지 지배자-유럽 출신 백인-들과 피지배자-아프리카 출신 유색인-들의 이주 가계 서사를 병치 교차 진행함으로써 동시대를 살았지만, 전혀 다른 형태의 삶을 살게 된 두 가문의 역사를 대비한다. 유괴와 노예선, 강제노역과 학대 그리고 탈주 노예들의 반란, 영국 군대의 진압과 주동자의 희생, 동료들의 도형 그리고 1824년의 노예해방에 걸친 사건들 속에서 다양한 목소리들이 연결되고 서로 대답하고 조응하면서 구전되는 전설처럼 낭송의 리듬을 가지는 킬와 서사는 아프리카 노예무역의 희생자로서 대표성을 가지는 주인공 키앙베가 유린당한 정체성을 극복하고 독립되고 존중받는 인간으로서의 정체성을 되찾는 과정을 기록한다. 유년기 고향에서 납치된 소녀가 노예로 매매되어 모리셔스에서 노역 생활 중 해방운동을 주도하는 족장과 결혼한 뒤 투쟁에 성공하고 가문의 역사를 후손에게 전수하는 가족사가 여섯 절로 분산 배치

상을 두 인물의 다양한 자기 글쓰기 형태-일기, 편지, 대화 등-로 가족의 이주를 기술한다(이희영 2014). 르 클레지오는 역사의 기록을 담당하는 주인공을 반복적으로 설정함으로써 자신이 생각하는 작가의 소명과 전쟁의 영웅-장군이나 정치지도자-이 아닌 희생자와 난민의 목소리를 담은 글쓰기의 중요성을 부각한다.

되는데, 이러한 키앙베의 가계사는 시간의 흐름과 대물림을 구현하는 서사 구조로 주인공이 자신의 이름을 암송하는 도입부의 반복을 통해 동일 서사의 연속성을 강화한다.

내 이름은 키앙베, 여자의 몸으로 태어났지만, 나는 우주리, 나는 윔보, 나는 물소 가죽 옷을 입고 투창으로 무장한 전사 아스카리, 나는 천사 말라이카, 사자 심바, 하이에나 피시, 기린 트위카, 불 모토, 어금니로 딱딱 소리를 내며 걸어 다니는 템보, 또한 나는 북 니고마, 초원에서 전쟁이 벌어지고 있다는 소식을 내해까지, 눈 덮인 산정까지 아루샤까지, 자니바르[4]라고도 불리는 웅구자까지, 쏭가 무나라까지, 킬와 키시와니까지 북을 울려 알린다. (401) Mon nom est Kiambé, celle qui a été créée, je suis Uzuri, je suis Wimbo, je suis le guerrier Askari, vêtu de sa peau de buffle et armé de sa sagaie, je suis Malaika l'ange, Simba le lion, Fisi la hyène, Twiga la girafe, je suis Moto le feu, Tembo qui marche en faisant claquer ses défenses, je suis le tambour Ngoma qui annonce la guerre dans la savane, jusqu'aux mers intérieures, jusqu'aux montagnes enneigées, jusqu'à Arusha, jusqu'à Unguja, qu'on appelle aussi Zanzibar, jusqu'à Songa Mnara, jusqu'à Kilwa Kisiwani. (407)

---

4   13-14세기 전성기를 맞았던 동아프리카 이슬람 문화의 유적지인 킬와 키시와니 섬은 주변 송고 음나라(Songo Mnara) 유적과 함께 1981년 유네스코 세계유산으로 지정되었다. 역본의 '자니바르'는 탄자니아의 수도 잔지바르(Zanzibar) 오탈자.

주인공의 자기소개에는 조상과 고향의 자연, 역사, 문화를 약술하는 내용이 담겨있고, 운율이 느껴지는 음악성을 가진 주문처럼 암송되며, 이러한 이름의 선언은 마치 초상(portrait)을 그리듯 그녀와 고향의 이미지를 떠올리게 하고, 이미지 형상의 무리 속에서 시간의 흐름을 멈추게 하는 서정적 효과를 가진다. 이렇게 키앙베가 이름을 낭송하는 장면은 카트린이 고향의 추억을 떠올리기 위해 반복적으로 사용한 '예전에 로질리에서'의 문구처럼 시공간을 초월하게 만드는 초월적 주문처럼 작용한다. 저자는 문체의 변조를 통해서 킬와 서사 내 초점화를 구분하는데, 키앙베의 시선으로 진행되는 서정적 서사는 몽환적이고 감정적인 묘사로 사제의 예언 결과로 태풍이 밀려온 뒤 노예해방을 쟁취하는 과정을 서술하지만, 영국군의 진압 과정은 군인의 보고서 형태로 대체되어 문체적 대비를 이룬다. 킬와 서사는 아프리카의 전통문화가 가진 구술 전수, 신화와 전설, 정신적 지도자의 예지 능력과 주술성을 부각하며, 서정성과 음악성이 돋보이는 서사로 기록된다.

『혁명』은 마로 가문의 170여 년 이주사를 주 서사와 부 서사들이 교차하는 복합 구조로 기술하여 시공간적 배경을 달리하는 인물들의 이주 인생 여정을 총체적으로 들려주고, 그 시대 아프리카 노예무역의 희생자를 대표하는 키앙베 가족사를 포함함으로써 프랑스와 영국의 식민주의 역사를 비판하는 작가의 신념을 구현한다. 르 클레지오는 마로(家)와 키앙베 가족의 사적 역사를 가계 서사로 서술함으로써 모리셔스의 공적 역사를 재평가하며 기록한다.

2. 이주 서사의 특징과 인물 유형

　『혁명』에서 마로의 가계사는 세대를 대표하는 세 인물의 이주 서사로 구현되며, 장 외드와 카트린 그리고 장의 이주 경로가 교차 진행되는 복합 서사 구조를 가진다. 우선 장 외드 마로는 프랑스 대혁명 이후 황폐해진 고향 브르타뉴에서 가족의 발전을 기대할 수 없었기에 프랑스섬(모리셔스의 과거 지명)으로 이주해 새로운 가족의 터전을 건설한다. 반면 저택과 제재소 사업을 사기로 빼앗기고 프랑스로 재이주한 카트린은 1·2차 세계대전 중 가족을 잃으며 불우한 이주 생활에 절망하고 행복했던 유년기 추억을 떠올린다. 프랑스에서 이방인이 된 마로 가문은 실향민의 심정으로 실낙원을 그리워하며 후손에게 모리셔스로의 회귀를 유언한다. 알제리 전쟁 참전을 피하려 해외로 이주한 장은 가문의 과거를 찾아 떠나는 여행을 한 결과 가문의 새로운 미래를 꿈꾸게 된다. 이주의 시공간적 배경과 이주의 내용은 다르지만, 인물 모두가 자신이 처한 당대 역사적 현실과 사회적 상황에 대처하는 대응 방식으로 이주를 선택하고, 폭력적인 역사와 사회로부터 자신과 가족을 지키려는 행위가 바로 부조리에 저항하는 개인의 투쟁 방식이라는 저자의 의도를 형상화한다. 이 같은 이주의 분석은 『혁명』이 가진 가족사 소설의 특징인 가문의 형성-융성-쇠퇴-부흥의 단계에 상응한다. 서사의 인물이라는 개념은 특성들의 패러다임(특성들의 집합을 플롯을 구성하는 사건들의 통합적인 사슬을 교차하는 수직적인 조합)이고, 독자는 인물의 특성을 이해할 때 문화에 의해 인지하기 때문에 서사의 인물의 "특성은 그것이 이야기의 부분이나 전체에 걸쳐 유지되는 한, 인물의 개인적인 기질에 대한 특유의 지시로부터 나온 서사적 형용사"(1995:150)라고 채트먼은 주장한다.

마로 가의 주요 인물들은 다음과 같은 차별적인 특성으로 분류될 수 있다. 장 외드는 프랑스 대혁명과 오스트리아 참전한 용사이며, 사회적 상황에 용감하게 맞선 청년이며 가문을 일으키기 위해 식민지인 모리셔스 섬으로 떠나는 모험가이자 가문의 터전을 건설하는 개척자이다. 이러한 1세대의 용감한 선택과 노력의 결과로 마로 가족은 '로질리'라는 가족의 유토피아를 건설하고 번영의 시기를 맞는다. 여기서 로질리는 치유 가족공간으로 집 밖의 호전적 사회공간에서 이뤄지는 프랑스와 영국 군대의 식민주의 전쟁의 소용돌이로부터 가족을 지켜준다. 하지만 노예 제도를 악용하여 막대한 부를 축적한 대농장 주인들이 마로 가문의 토지를 빼앗게 되면서 가문의 쇠퇴기를 맞게 되고, 5대 카트린은 여성의 권리와 능력이 제한된 시기에 독립적 목소리를 내지 못하면서 가족의 비극과 전쟁의 상흔을 감수하는 희생자적 인물로 그려진다. 프랑스로 돌아온 마로 가의 사람들은 유럽 전쟁으로 곤궁한 삶에 시달리고, 몇몇은 전사하거나, 또 다른 일원은 고향을 잃은 슬픔으로 죽거나, 또 일부는 스페인 독감으로 희생당했다. 카트린은 가문의 몰락을 경험했지만 동시에 가문의 부흥기를 기억하는 인물로 다음 세대에게 가문을 부흥할 의무를 전달하는 기억의 전달자이기도 하다. 그녀는 장에게 "장 외드 할아버지는 네 안에 존재하고 있어. 이제 할아버지는 네 안에서, 네 삶 속에서 살아가기 위해 돌아왔어."(51)라고 반복하면서 마로 가의 기록을 전달한다. 마지막 후손인 장의 역할은 가족의 역사를 계승해

연속된 기억을 이어가는 것이며 마로 가문의 부흥기를 새롭게 개척해야 하는 인물이다. 장은 알제리 전쟁에 참전하기를 거부하고 해외로 도주하는 도망자로 비치기도 하고, 멕시코에서는 학생 혁명의 방관자처럼 보이기도 하지만, 저자처럼 장 역시 유럽의 식민주의 팽창으로 인한 역사적 폭력을 거부하는 행동가형 지식인 인물로 평가할 수 있다. 기억의 전수자로 역사의 기록자로 선택된 장은 전쟁과 혁명의 소용돌이 속에서 이주를 통해 자신의 운명을 개척하게 되며, 종국에는 선조의 고향으로 돌아가 그들의 흔적을 찾아서 가족사의 근원을 재발견하는 대장정에 나선다. 마로 가문의 부흥은 이 소설에서 명확히 그려지지는 않지만, 모리셔스에서 장의 아내가 잉태하는 결말로 희망찬 미래를 꿈꾸게 한다.[5]

또 다른 한편으로 이주는 전체적 플롯 속에 반복되는 사건, 즉 패턴(pattern)으로도 해석할 수 있다. 『혁명』에서 이주의 길에 나선 작중 인물 모두 방랑자/여행자 인물 유형을 이루고 있으며, 동시에 이주민-이방인 유형과도 긴밀하게 연결된다. 마로 가문의 구성원 외에도 알제리 전쟁 참전을 피하고자 해외로 도주하는 장의 친구들, 멕시코 전제주의 정권의 폭정을 피해 미국으로 망명하는 멕시코 청소년들, 아프리카 출신 노예는 타국으로 이주해야 하는 운명의 소유자들이다. 이주민-이방인이라는 인물 유형은 장 외드, 카트린, 장 모두에게 적용되는데, 장 외드는 모리셔스 섬에서 원주민들에게도 이방

---

5 르 클레지오는 다수의 작품에서 아이의 잉태와 출산을 통해 미래에 대한 긍정적 기대와 발전을 제시하는데, 『떠도는 별』, 『황금물고기』, 『사막』 등에서 여성 주인공의 이주 서사가 그러하다(이희영 2017).

인이었고 식민지 지배층 사회에서도 이방인이었으며, 카트린 역시 프랑스에서 스스로 이방인이라고 느꼈고, 9살 때 말레이시아에서 프랑스로 이주한 장은 그 후 자신이 이방인이며, 자신이 결코 프랑스에 속할 수 없어서 그는 자신의 뿌리를 찾아 모리셔스로 떠날 운명을 감지하게 된다. 르 클레지오 역시 어린 시절 아프리카 나이지리아에서 살다가 프랑스로 귀국한 후 자신이 이방인이며 다른 곳으로 이주해야 할 여행자이고 그 목적지는 가족의 고향인 모리셔스라고 생각하게 된다. 장은 저자의 분신이며 마로 가문은 르 클레지오의 가문의 다른 이름이기에 『혁명』에는 수많은 자전적 요소가 편재한다. 이 소설의 인물들은 존재의 탐구를 위해 모험을 감행하는 이들이며, 소설의 내적 구조가 그들의 모험이 펼쳐지는 장이다. 다시 말해 이주 서사의 주인공을 문제적 인물(problematic individual) 유형으로 설정하고 자신을 알기 위해 길을 나서는 영혼의 이야기이자, 자신을 시험하고 입증하면서 자기 고유의 본질을 찾기 위한 모험을 찾아 나서는 이야기(루카치 2007:91-92)를 구현한 서사를 창작하기에 르 클레지오는 자신을 방랑과 이주의 소설가로 부른다. 『혁명』에서 인물 형상화의 계기는 전쟁과 혁명이라는 역사적 상황과 사회적 사건이며, 이를 통해 갈등이나 긴장을 겪으면서 변화하고 성장하려는 인물의 태도가 중요하다. 가장 큰 변화와 성장을 겪는 인물은 저자가 자신의 직접 체험을 바탕으로 형상화한 장으로 전쟁에 대한 저항과 항의 그리고 방랑과 여행을 통한 자아 찾기의 필요성이라는 저자의 가치관을 반영한다.

『혁명』이 혁명과 전쟁을 기록하는 역사소설임에도 불구하고 이 작품에는 혁명과 전쟁을 칭송하는 호전적인 영웅 대신 오히려 전쟁을 반대하거나 혁명의 희생자가 된 반영웅주의적 인물들이 주류를 이룬다. 스페인의 식민지 전쟁, 프랑스의 식민지 전쟁, 알제리 독립 전쟁, 전체주의 정권에 대항하는 멕시코 학생 혁명 등 이렇게 연쇄적으로 거듭되는 역사적 사건과 극적인 상황에서 끊임없이 발생하는 희생자들이 바로 이 작품의 주체들이며 초점화의 대상들이다. 대표적 희생자로는, 그들이 혁명과 전쟁 때문에 이주를 지속하는 난민이기 때문에, 마로 가문을 들 수 있는데, 그중에서도 가문의 쇠퇴기의 5대 카트린의 가족들이며, 그들은 1·2차 세계대전과 종전 후의 빈곤 그리고 노년에는 알제리 전쟁까지 겪게 된다. 그 외에도 이 소설에는 전쟁의 희생자 유형의 인물이 다수 등장하는데, 장의 친구 상토스 발라스는 알제리에서 전사하게 되고 그의 약혼자 잔과 장례식 같은 영혼결혼식을 올리게 된다. 이 사건은 그 시대 청년들의 사랑과 영혼이 전쟁의 파괴성과 폭력성 때문에 상처받고 파괴된 결과물이며, 르 클레지오는 이 사건에서 내포작가로 개입하여, 사건과 인물에 대해 다음과 같은 평가를 직접 추가한다.

그리고, 지금, 그때의 바로 그 병영에서 까마귀들이 한데 모여 북풍을 맞으며 떨고 있는 이곳에서, 상토스의 영혼은 잔 오딜드의 영혼과 결혼식을 치르려 하고 있었다. 대체 삶에 조금이나마 일관성이라는 게 있기나 한 것일까? (275) Et maintenant, dans cette même caserne, avec cette assemblée de corbeaux frissonant dans le vent du nord, l'âme de Santos allait épouser celle de Jeanne Odile. Est-ce que la vie n'était pas un peu incohérente? (281)

콘래드는 미치지 않았어요. 그는 단지 전쟁의 희생자일 뿐입니다. 그
는 여전히 위험한 수용소 속에서 싸우고 있는데, 아무도 그를 돌아보
려 하지 않는 겁니다. (...) 그는 전쟁 영웅입니다. (324) Conrad n'est pas
fou. Il est seulement une victime de la guerre. Il s'est battu dans les
mauvais camps, et tout le monde veut l'oublier. (...) C'est un héros de
guerre. (331)

　저자는 자신의 분신이라 여겨지는 장을 통해 그 시대 청년들이
겪었던 전쟁에 대한 불안과 공포 그리고 전쟁의 희생자들과의 인간
관계에 집중하면서 저자가 경험한 전쟁의 폐해에 대해 그리고 전쟁
에 반대하는 그의 신념을 호전적 영웅주의가 아닌 희생자의 입장에
서 표현하고 있다. 장이 영국에서 만난 콘래드 애드추켄코 역시 전
쟁의 트라우마 때문에 발작을 일으키는 희생자 인물이다. 이러한 장
의 외침은 전쟁의 희생자가 전쟁의 영웅이라는 저자 의견의 반영이
기도 하다.
　또한 혁명의 희생자로 멕시코의 청소년 남매 파멜라와 호아킨을
구별할 수 있는데, 멕시코 정부의 폭력적인 진압 후 고향을 떠나 미
국으로 이주하는 파멜라와 호아킨 역시 혁명이라는 사회적 폭력의
상흔을 치유하기 위해 타국으로 이주를 떠나는 이주민의 유형에 속
한다. 르 클레지오는 디아즈 오르다즈 정부 지배하의 1968년 멕시
코 학생 혁명의 과정과 결과를 16세기에 일어났던 스페인 코르테스
의 군인들에 의해 파괴된 몬테수마 왕국의 이야기와 접목해, 역사

속에서 반복되는 폭력의 현장을 강조하여 보여준다. 다시 말해, 아스테카 왕국의 피해자 역시 멕시코의 어린 학생들처럼 폭군에 의해 희생된 비극적 인물들이라는 것을 저자는 다시 강조한다.

> 그러나 모데쿠호조마 왕은 틀라틸코와 이트즈코후아진트의 틀라코크칼카틀을 대동하고서 에스파냐인들에게 식량을 제공하고 나서 이렇게 외쳤다. "오, 존귀한 분들이시여! 그만두시오. 이게 무슨 짓입니까? 이 불쌍한 사람들! 그들이 방패를 들었습니까? 그들이 몽둥이를 들었습니까? 그들은 아무런 무장도 하지 않았습니다."
> 이윽고 광장에 밤이 찾아왔어. 장갑차들은 불을 환하게 켜고 있었어. 곳곳에 부상자와 사망자와 아이들이 바닥에 쓰러져 있었고, 경기관총의 총알에 가슴이 꿰뚫린 자들도 있었어. (...) 사람들 말로는 체포된 사람들의 수가 2000명이 넘는다는군. 탱크와 기관총을 장치한 장갑차들만 해도 300대가 넘었다고 해. 틀라틸코 광장에서만 325구의 시신이 발견되었고, 그 외에도 많은 시신들이 코필드 부근의 남쪽 계곡에서 불태워졌다는 거야. 올림픽 경기는 10월 18일에 공식적으로 개최될 거야. (462-463)

> *Mais le roi Montecuhzoma, accompagné du Tlacochcalcatl de Tlatelolco, Itzcohuatzin, qui pourvoyait les Espagnols en vivres, s'écriait : "Ô Seigneurs! Assez! Que faites-vous? Pauvres gens de ce peuple! Est-ce qu'ils ont des boucliers? Est-ce qu'ils ont des massues? Ils sont entièrement désarmés.*
> Ensuite la nuit est tombée sur la place. Les autos blindées ont allumé leurs phares. Partout il y avait des blessés, des tués, des enfants étendus par terre, leur poitrine percée par les balles des mitraillettes. (...) On dit qu'il y a eu plus de deux mille prisonniers. On dit qu'il y a eu

trois cents tanks, des automitrailleuses. On dit qu'il y a eu trois cent vingt-cinq morts à Tlateloco, et que d'autres sont été brûlés au sud de la vallée, du côté de Copilco. Les jeux Olympiques commencent officiellement le 18 octobre. (469)

또 다른 희생자 유형 인물로 모리셔스 섬으로 팔려온 아프리카 출신 노예들이 저자에 의해 초점화되고 있는데, 키앙베는 이러한 시대적 희생자를 대표하는 전형적 인물로 어린 시절 유괴되어 노예무역선에 태워진 후 상품처럼 팔리고 백인 식민주의자들의 모욕과 폭력 밑에서 노예로서의 고통스러운 삶을 살게 된다. 그러나 키앙베는 혁명가 라치타탄을 만나 반란에 참여하여 투쟁한 결과 모리셔스 섬에서 노예해방을 이룰 수 있었다. 키앙베와 라치타탄은 희생자이면서 동시에 투쟁가이기도 하다. 같은 맥락에서 장 외드 마로 역시 프랑스 혁명과 전쟁에 참가하여 시민의 인권을 찾으려는 적극적 노력을 시도한 인물로 단순한 희생자가 아니며, 장 마로도 알제리 전쟁의 단순한 희생자라기보다는 시대적 상황을 극복하기 위해 이주를 통해 평화적인 미래를 모색하는 인물로 볼 수 있다.

이렇게 유럽의 식민지 팽창주의 역사 때문에 생긴 무수한 희생자들의 나열이 『혁명』을 가득 채우고 있다. 르 클레지오는 인류의 역사를 특징짓는 민족적, 국가적 갈등의 연쇄적 상황의 비극을 재조명하면서, 전쟁이 은밀하게 타락시킬 수 있는 개인의 물질적, 도덕적, 애정적인 삶에 대해 기록하고, 강자들에 의해 약탈되고 배척받은 사람들의 목소리를 들려주고 있으며 『혁명』에서 전쟁의 희생자들을 초점화하면서 그들이 폭력적 역사의 진정한 영웅이라고 주장하는 것이다. 서사의 주체를 지배자에서 피지배자로 전쟁 영웅에서 전쟁의 피해자로 바꾸는 것은 권력의 전복이라고 볼 수 있으며, 이렇게 호전적인 식민주의자들이 아니라 상처받은 피식민자들에게 서사의 주도권을 주는 방법으로 탈식민주의적 글쓰기가 전개되며, 제국주의 전쟁으로 인한 잔인한 인권의 유린, 무참하게 자행된 생명의 파괴, 그 결과 삶의 터전을 빼앗기고 타국으로 이주해야 하는 난민들의 비참한 삶의 현장 등을 기록하는 행위는 평등한 인권을 수호하고 생명에 대한 존중을 지키며 안전한 가족의 삶의 터전을 지키려는 사람들의 목소리를 들려주는 것이다.

르 클레지오는 자기 가문의 이주기이기도 한 『혁명』을 통해 유럽의 식민지 점령 역사에 대한 반성과 비판을 가하고 있다. 대혁명부터 알제리 전쟁까지의 프랑스 역사와 아프리카 노예무역의 역사를 포함한 모리셔스 섬의 프랑스 식민지 점령부터 영국의 점령까지의 역사, 그리고 멕시코의 스페인 식민지 점령과 68혁명까지의 역사를 표현하는 데 있어, 서로 다른 시공간적 배경의 역사의 현장에서 개인이 겪는 비극의 결과를 기록했으며, 폭력의 씨앗은 폭력의 결실을 얻고, 전쟁은 영원히 반복된다는 것을 르 클레지오는 고발하고 있다. 르 클레지오는 이 소설에서 작중인물의 입을 통해 자신의 식민주의에 대한 비판을 직접 전달하기도 한다. 일례로 영국 군대의 옛 장교였던 장의 아버지 레이몽 마로는 "식민지는 우리 시대의 가장 큰 오점이야."(33)라고 비판하며, 카트린은 "그 섬에는 미래가 없어. 식민지 시대는 이미 끝난 거야."(16)라고 모리셔스 섬의 식민지 지배를 비판한다. 또한 장 마로의 입을 통해 다음과 같이 카트린이 느낀 식민주의에 대한 증오를 드러낸다. "1914년 전쟁에서 오빠를 잃었고, 1940년 전쟁 때문에 여동생이 죽었고, 전후의 빈곤을 겪은 후 전쟁에 대해 강한 분노를 나타내며, 영국의 제국주의와 프랑스의 식민주의를 혐오했다."(237) 『혁명』은 과거 시대의 풍속이나 사회상을 기록하려는 목적을 가진 리얼리즘을 중시한 사실주의 역사소설이 아니며, 오히려 풍부한 서사성과 서정성을 통해 식민주의의 폭력성을 극복하고 전쟁과 혁명의 혈흔을 치유하면서 평화적 인류애의 회복이라는 주제를 강조하는 가족사 소설이다. 루카치는 역사소설의 목표가 서사 형식을 통해 사회생활을 그것이 현재이든 과거이든 그 총체적 맥락을 제시하는 것이라고 설명하고, 이때 묘사되는 사건뿐 아니라 그 사건을 겪어나가고 그 과정을 통해 자기 자신도 변화하면서 사건의 행로에 영향을 미치기도 하는 인물들의 삶을 온전히 제시하는 것이 중요하다고 강조한다. "역사소설에서 중요한 것은 거대한 역사적 사건에 대한 옛날얘기가 아니라 이 사건 속에서 활동했던 인간들에 대한 문학적 환기이다. 중요한 것은 사람들이 어떤 사회적, 인간적 동기에서 생각하고 느끼며 행동하는가를 실제 역사적 현실에서의 경우와 똑같은 것으로 추체험할 수 있게끔 하는 일이다."(루카치 2002:49-52). 이런 맥락에서 『혁명』은 마로 가문의 흥망성쇠 과정의 총체적 맥락을 제시하는 데 집중했으며, 여러 세대가 공존하는 세계의 총체적 현실을 서사로 그려내기 위해 복합 서사 구조를 통해 다성 화자 구조를 사용하고 있다. 그 결과 과거의 사회생활, 풍속 등을 그려내는 데 집중하는 전형적인 역사소설이나 외적 시간의 틀을 짜

놓고 일화들을 묶은 플롯의 형태를 가진 연대기 소설의 형식을 파괴하고 있다. 르 클레지오는 문학작품이 가지는 순수 예술성뿐만 아니라 문학을 통해 재인식하는 역사적 사건에 대한 진지한 고민을 전달하면서 반전과 평화에 대한 자신의 탈식민주의 철학을 소설적 상상력을 통해 구현한다.

3. 탈식민주의 이데올로기와 담론

르 클레지오는 식민주의의 부당한 지배와 종속 관계를 고발하고 민족과 국가 그리고 문화 간에 드러나는 불평등한 관계를 고찰하고 지배자와 피지배자의 주체성을 새롭게 정립하며 전 세계의 사람들이 동등한 위치에서 공존하는 세계를 만들고자 하는 실천적 철학으로서의 탈식민주의를 『혁명』에서 펼치고 있다. 식민주의 담론은 군사 무기, 경제 자본력, 과학기술, 종교철학 등의 상대적 우월성을 가진 열강의 자국중심주의를 강화하는 세계관과 가치관이며, 이항 대립을 기반으로 절대적 권위를 지닌 주체/자아(백인/남자/가톨릭 신자, 지배자/문명인, 서양/서유럽/미주)와 무기력한 객체/대상/타자(유색인, 피지배자/원주민/야만인, 동양/비서구/중동/아시아/아메리카/아프리카/오세아니아)로 구분하고 이러한 양극적 위계를 바탕으로 제국주의 이데올로기를 전파하는 효과적 매체로 사용된다.

르 클레지오가 『혁명』에서 재현한 식민주의 이데올로기와 탈식민주의 이데올로기의 대립을 분석하기 위해 알튀세르(Althusser)의 이데올로기의 개념과 푸코(Foucault)의 담론 이론을 살펴보자.[6] 이데올로기를 사회 집단의 사상이나 행동 그리고 생활 방법을 규정하고 제한하는 관념이나 신조의 체계라고 한정하여 정의할 수도 하지만, 이데올로기의 효과는 그 구성원들에게 특정한 역사적·사회적 입장을 실현하도록 강제하는 사상과 의식의 체계로 실현될 때 총체적인 관찰이 더 명백해진다. 그러므로 이데올로기를 특정한 관념이나 신념들이 집단 구성원들의 삶에서 재현될 때 사용되는 수단으로, 구성원들의 정체성을 사회 속에서 재현하는 도구라는 확장된 개념으로 정의할 수 있다. 이런 맥락에서 알튀세르는 이데올로기를 "어떤 특정 사회 내에서 역사적인 존재와 역할을 부여받은 재현체(이미지, 신화, 관념이나 개념, 그 밖의 상황에 따라 나타나는 여러 가지 것들)의 체계"(코핸 외 1997:188-189 재인용)로 정의하고, 그것이 재현하는 것은 개인의 '실존을 지배하는 사실적 관계의 체계'가 아니라, 그에 대해 갖는 '상상적' 관계로 실재하는 개인을 '주체로 형성하는' 기능을 가진다고 설명한다(위의 글 189-192). 사회적 구조의 영속성을 부여하는 의미에 종속하기 위해 개인을 끊임없이 행동하고 생각하고 느끼는 주체의 상태로서 주체성을 재현하는 것이 이데올로기이며, 특정한 사회·역사적 입장을 수호하려는 의도의 신념이나 가치의 체계 이상의 것으로 개인이 생각하

6　코핸과 샤이어스(Cohen & Shies)는 알튀세르의 이데올로기 개념과 푸코의 담화 이론의 논의를 기호학과 결합하는 연구(1997)를 통해서 주체성이 어떻게 형성되는지 설명하고, 다양한 문화 담화 내에서 끊임없이 활성화되고 정립되는 주체는 의미작용의 결과라고 주장한다. 이 글에서 용어의 통일성을 위해 discours/discourse의 번역을 '담론'으로 일치하고, 그 의미를 '언표들의 집합', '무언가를 주장하는 기호들의 집합'으로 정의한다.

고 느끼고 행동하는 모든 사회적 관계의 실질과 상상의 측면에서 개인의 주체성을 재현하는 모든 과정에 관계한다. 이데올로기라는 도구에 의해 정체성을 재현하는 주체는 독립적으로 완전하고 일관된 주체성을 완성하지 못하기에, 담론 내에서 주체로 남기 위해서 반복적으로 이데올로기를 통한 주체성을 구현해야 한다.

이어서 담론에 대한 푸코의 정의를 살펴보자면, 역사 속에서 끊임없이 반복 생산되는 담론들은 그 형태와 용도를 지정하는 수사학적이고 형식적인 통일성을 형성하기보다는, "항상 어떤 일정 시기나 어떤 특정한 사회, 경제, 지리, 언어적 영역에 한정된 시간과 공간에 의해 결정되는 일단의 익명적이고 역사적인 규칙들과 언표적 행위 기능의 작용 조건들"(위의 글 196-197)을 강요함으로써 진술들의 언표 행위를 통제한다. 담론은 다른 담론이나 그 실천에 관련하여 생산되고 또 끊임없이 진화하기 때문에, 연결, 접속, 분열, 단절 등으로 변화한 담론들이 형성되고 그 결과, 담론은 지식을 단순히 재생산할 뿐만 아니라 변형한다. 담론은 지식에 가해지는 권력의 효과를 기록하며, 지식이 변형되고 권력이 저항받는 영역으로 기능하기에, 주체성의 담론적 발화 행위는 문화적 통제와 모순, 재편성 속에서 발화의 주체를 발견하게 만든다. 텍스트는 제각기 주체의 이데올로기적인 재현의 생산과 전달을 통제하는 다양한 담론들 사이 투쟁의 장이라고 푸코는 주장한다. "서사 텍스트들은 (스토리의) 사건의 주체와 (말하기의) 서술의 주체를 중심으로 구조적으로 구성되기 때문에, 그 같은 투쟁의 장이 되기 쉽다."(위의 글 200). 또한 특정 사회·시대의 학문적 지식의 총체, 인식 체계를 에피스테메(épistémè)로 정의한 푸코의

『담론의 질서』에서의 논의에 비춰보았을 때 문학 텍스트 역시 동시대의 에피스테메에 의해 형성되고 생산된 결과물이라는 점에서 문학 텍스트의 담론 분석이 설득력을 얻는다(이홍필 1999).

　지금부터 『혁명』의 킬와 서사를 식민주의와 탈식민주의 이데올로기가 대립하는 담론으로 분석해 보자. 흑인 노예 발키스로서 정체성을 형성하는 식민주의 이데올로기 담론과 자유인으로서 키앙베의 주체성을 형성/회복하는 탈식민주의 이데올로기 담론이 서로 맞서는데, 이렇게 주인공을 서술하는 담론의 대립을 통해 그녀의 주체성이 변화하는 과정이 텍스트로 구현된다. 키앙베는 자신이 노예로서 정체성을 형성하게 되는 과정을 다음처럼 기술하는데, "내가 열 살이었을 때, 어느 날 남자들이 우리 마을에 들어왔다. 그들은 아버지를 죽였고, 나를 아루샤로 데려가서 므와라부라는 사람에게 팔아넘겼다."(401) 이때부터 그녀를 흑인 노예라고 인식시키는 노예 사냥꾼과 백인 주인들의 식민주의 담론이 강화된다. 채찍과 성폭행의 위협을 마주한 키앙베는 두려움에 떠는 노예로 주체성을 상실한 객체화되어 자기 정체성의 근원이라 할 수 있는 이름을 빼앗기고 자신에 대한 자긍심을 약탈당하게 된다. 백인 주인마님과 딸 알리스 양은 부모님이 주신 키앙베라는 이름 대신 발키스로 호명하며 흑인 노예를 학대하고 모욕한다. "너는 부끄러움도 없구나. 모두가 잘 때 암캐처럼 들판으로 나가서 어슬렁거리며 돌아다니니 말이다! (426) Tu es sans honte, quand tout le monde dort tu vas dans les champs comme une chienne, rôde-rôdeur partout!"(433) 백인들에게 흑인 노예는 짐승과 같은 존재이며, 그들의 가족과 고향 그리고 역사와 문화를 간직한 고유한 이름 따위는 무시하고, 그들이 부르기 편한 이름으로 칭하며 가축처럼 소유물로 하대한다. 그 결과 자기 이름을 빼앗기고 모국어를 금지당한 키앙베는 주체성을 상실한 흑인 노예 발키스로 대상화된다. 이렇게 백인과의 조우를 계기로 자신과 분리할 수 없는 신체적 특성인 검은색을 처음 자각하게 된 흑인의 심리를 분석한 파농은『검은 피부, 하얀 가면』(Fanon 1998)에서 검은 피부에 가해지는 백인들의 공격으로 열등 콤플렉스에서 탈출할 수 없게 된 흑인은 스스로 검은 피부를 가리기 위해 하얀 가면을 쓰면서 백인의 인종차별을 수용하게 되어 심리적 고통에 시달린다고 비판하고 피지배자들이 연대하는 탈식민주의 투쟁을 설파한다.

키앙베는 노예해방 운동에 참여하면서 스스로 자신의 고향과 조상을 기리는 이름을 되찾고 모국을 기억하면서 자유인으로서의 주체성을 회복하게 된다. 여기서 탈식민주의 담화의 또 다른 주체는 라치타탄, 그랑테르의 위대한 추장의 아들이며 노예 혁명의 지도자이다. 키앙베와 라치타탄 부부는 대농장에서 탈출한 흑인들을 이끌고 숲속 오지에 새로운 터전을 만들고 지배군인들과 게릴라전을 이어가며 노예제도를 해체하기 위해 저항한다. 키앙베는 부모의 사랑과 모국의 언어와 문화를 재발견하고 성적 자기결정권을 행사하면서 노예의 정체성을 버리고 자유인으로서 그리고 여성으로서의 주체성을 회복한다. 이후 노예해방의 혁명 과정에서 식민주의에 대립하는 탈식민주의 이데올로기의 투쟁이 계속되며 키앙베의 주체성 재현 역시 변화를 보여준다. 모리셔스를 지배하는 영국군 보고서에서 라치타탄과 그의 추종자들은 '흑인 죄수', '도망친 노예', '반란자들' 등으로 규정되고, 탈옥범에게 '현상금'을 걸고 '전투부대'와 '사냥꾼'을 총동원하여 '엄중 처벌'하고 '공개재판'을 해야 한다는 지배와 처벌을 강조하는 담론이다. 키앙베와 라치타탄을 포함한 저항 세력을 섬의 질서를 위협하는 범법자들로 처벌과 삭제의 대상으로 서술하는 백인-영국군, 민병대, 사냥꾼-들의 담론은 제국주의 이데올로기를 강화하는 효과를 가지며, 푸코의 지적처럼 권력의 지배체제를 흔드는 반란군의 탈식민주의적 담론을 금지하고 배제함으로써 지배담론을 수호한다. 이러한 압제와 탄압으로 지도자인 남편과 동료들이 도살장의 희생자가 되자, 키앙베는 감옥에 갇혀 자유를 빼앗기자 구속된 노예로서 자신을 형상화하게 된다. "이곳의 흑인들에게는 성이 없다. (...) 나는 이제 고향 마을에 대해 아무것도 알지 못한다. (471) Ici, les noms des Noirs sont inconnus (...) Je ne sias plus rien de mon village natal." (478) 모리셔스 대농장에서 강제 노역으로 희생된 아프리카 노예를 대표하는 인물인 키앙베는 탄자니아 킬와 섬 출신이지만 이웃 나라 모잠비크 출신 흑인 노예 발키스로 불리는데, 이러한 혼동은 아프리카 흑인들을 야만적 원주민으로 대상화하며 부족의 고유한 전통문화와 언어를 존중하지 않는 유럽 출신 백인들의 몰이해를 반영한다.

단두대에서도 용감했던 라치타탄이 예언한 태풍이 2년 후 몰려오자 사제의 영혼이 복수하기 위해 돌아왔다는 소문이 퍼졌고 도망 노예 무리가 예전의 해방 전쟁을 다시 시작하기 위해 산속에 모인다. 다음 해 영국 정부가 마침내 노예제도를 폐지함으로써 노예들과 유색인들은 라치타탄과 약속한 것처럼 자유인이 되고 그 결과 식민주의자들의 지배와 차별의 담론은 탈식민주의자들의 해방과 혁명의 담론으로 전복된다. 키앙베는 딸 모요의 임신과 출산을 통해 노예 발키스를 버리고 다시 자유인으로서의 주체성을 회복한다. 영국의 과거 식민지 출신 노예들은 독립한 섬나라 모리셔스에서 자유를 쟁취한 해방 주체로 노예였던 과거 역사를 청산하고 자유인으로서 주체성을 재건한 것이다. 노예무역의 대상이었지만 연대투쟁을 통해 자유를 쟁취한 가문의 역사와 긍지는 라치타탄의 희생을 기리는 목걸이에 담겨 계승되고 미래를 예언하고 주술을 부리는 특별한 능력을 갖춘 키앙베(家)의 증손녀는 다른 억압받은 자들을 수호하고 책임지는 지도자로서 정체성을 구축한다. 어머니로부터 딸에게로 대물림되는 라치타탄의 목걸이는 노예무역과 해방 투쟁의 역사를 담은 유물이라는 상징적 매개로 가족의 역사와 모리셔스의 역사를 증언하는 상징체이다. 종교 의례를 주도하는 정신적 지도자로서 과거 노예해방 운동에 앞장섰던 선조의 정신을 계승한 후세대는 심판의 날이 오면 신의 계시에 따라 모두를 고향으로 인도하리라는 다짐한다. 이러한 해방 노예 가문의 킬와 서사가 잘 보여주듯이 '아프리카인의 긍지'를 옹호하는 탈식민주의적 담론으로 작용하며 식민주의적 사상을 강화하는 담론과 대립하며 당사자들을 대상에서 주체로 변화시킨다.

세제르가 처음 개념화한 네그리튀드(négritude)라는 용어는 원래 흑인 디아스포라 즉 노예무역과 식민지배의 역사적 경험을 공통분모로 하는 흑인의 집단적 정체성을 의미한다. 흑인 수난사의 기표로 굴욕과 수치의 낙인이었던 '니그로'를 흑인의 정치적 자의식과 문화적 자긍심의 상징인 '네그리튀드'로 전환하는 데 주력한 세제르는 식민지 동화 정책에 내재한 인종주의와 식민주의를 대면함으로써 흑인 정체성을 회복하기 위한 실천 운동에 연대하자고 주장한다. 백인 식민지 지배자들은 아프리카 피지배자들에게서 이름을 빼앗고 그들의 모국어를 금지하고 그들의 문화를 경시하는 담론을 재생산하면서 그들을 지배해왔으며, 식민주의자들은 아프리카 문화에서 주술의 영역이 그들의 전통적인 공동체적 정신문명임에도 불구하고 야만이나 미개한 문화라는 오명을 씌우고 아프리카 고유문화를 혐오하고 경시하는 담론을 생산하고 확산한다고 비판한다.

마찬가지로 『혁명』의 킬와 서사는 식민주의 이데올로기를 재현하는 주체의 담론들과 탈식민주의 이데올로기를 재현하는 주체의 담론들이 대립, 경쟁하다가 종국에는 노예 발키스라는 객체의 담화를 극복하고 키앙베라는 자유인으로서의 주체를 재현하는 담화가 승리한다. 하나의 지식이 된 담론은 그 정당성을 유지하기 위해서 권력이 필요하기에 담론이 지식-권력이 되어 여러 대상을 교묘한 방식으로 객체화하면서 보이지 않는 권력으로 존재한다고 명시한 푸코(1993)는 담론 자체에 내재하는 권력을 일으킬 위험을 제거하고, 그것으로 인해 발생할지 모르는 우연한 사건을 최소화하기 위해 권력이 담론을 통제하는데, 통제, 선별, 조직, 재분배의 방식으로 담론을 지배하며 특히 배제(exclusion)와 금지(interdit)는 담론의 주체를 선별하여 결정하거나 말해질 대상을 통제 · 강제한다고 설명한다. 『혁명』에서 서술된 제국주의가 지배하는 식민국가에서 권력을 가지는 주체는 백인 남성 지도층이기에 여성이나 흑인/유색인은 담론의 주체가 될 수 없다. 따라서 흑인 여성 노예가 담화의 주체가 되기 위해서는 식민주의 권력에 맞서 탈식민주의를 구현하는 담화가 필요하다. 또한 키앙베/발키스를 주체와 객체로 구별짓는 담화들은 전복과 불연속의 원리를 통해 탈식민주의를 옹호 또는 거부하는 권력 담화의 실체를 재현하며 담론을 통한 이데올로기의 헤게모니 투쟁을 조명한다.

이러한 권력과 담론의 갈등 관계는 이 소설에서 마로 가문의 서사로도 재현된다. 국가와 사회의 권력은 마로 가족에게 순응과 복종을 강요하지만, 마로 가문의 구성원들은 권력의 호전적인 식민주의 담론들과 제국주의 이데올로기를 거부한다. 다시 말해 사회적 영역에서 통제되는 식민주의 이데올로기를 재현하는 담론들에 대립하여 가족적 영역에서는 탈식민지주의 이데올로기를 재현하는 담론들이 투쟁한다. 모리셔스에 정착한 마로 가문의 1세대 마리 안느 나우르의 텍스트를 약호로 분석해 보자. 바르트가 언표 뒤의 목소리이자 상실된 관점으로 정의한 약호의 개념을 발전시킨 코핸과 샤이어스는 텍스트를 의미작용의 문화적 실제과 관련하여 특징짓는 행위, 의미소, 해석, 상징, 지시 약호를 다음처럼 정의한다. "행위들은 연쇄적이며, 그 행위들의 결과에 의해 행위의 논리가 추론될 수 있고(행위의 약호), 작중인물들은 타고난 자질들의 자치적 총합이며(의미소적 약호), 스토리는 하나의 비밀을 숨기고 있고 그 비밀을 밝히는 것이 결말이 되며(해석적 약호), 상징들은 명백하고 필연적인 의미들을 재현하며(상징적 약호), 실재는 텍스트성의 한계를 초월한다(지시적 약호)는 가설들이다."(1997:186-187).

아이들을 데리고 시내에 나갈 때면, 매 순간 우리는 주민들이 유색인들을 부당하고 고약하게 다루는 광경을 목격하곤 했다. (...) 내가 그 점에 대해 분개하면, 상류사회 여자들은 빈정거리는 목소리로 내게 말했다. 뭐라고요? 당신은 콜타르를 뒤집어쓴 것처럼 영혼과 살갗이 시커먼 저들을 우리와 같은 인간이라고 부르겠다는 건가요? 분개하기는 장도 마찬가지였다. (...) 메르뱅은 우리 계획을 단념시키려고 무진 애를 썼다. 그는 장에게 말했다. 탈주 노예들로부터 공격받는 게 두렵지 않나? 장은 대답했다. 왜 그들이 우리를 공격하겠어? 우리는 노예 제도 따위는 멀리하고 양심에 따라 살 거야. (...) 그 후 장은 산자락에 있는 에벤느라고 불리는 지역의 토지를 구입하기로 결정했고, (...) 마침내 우리 집이 완성되었으며, 우리는 세상 끝까지 우리를 데려왔던 배의 이름 로질리를 그 집에 붙여 주었다. (483-485) Lorsque j'accompagnais mes enfants en ville, à chaque instant nous étions témoins des scènes d'injustice et des mauvais traitements que certains habitants infligeaient aux gens de couleur. (...) Et quand j'indignais de cela, je suscitais les railleries des femmes de la bonne société, qui me disaient : quoi? Appelez-vous nos semblables ces godrons, âmes et peaux noires? Jean aussi s'en indignait (...) Mervin essaya bien de nous dissuader. Ne crains-tu pas, dit-il à Jean, d'être la proie des marrons? – Pourquoi nous attaqueraient-ils? répondit Jean. Nous vivrons loin de l'esclavage, en accord avec nos consciences. (...) Alors Jean décida d'acheter la concession qui va jusqu'à la montagne, au lieu-dit Ébène, (...) C'est ainsi que fut fondée la maison, à la quelle nous donnâmes le nom du bateau qui nous avait conduits jusqu'au bout du monde, la Rozilis. (492-493)

의미소적으로 마리 안느와 장 외드는 불의를 못 참고, 정의롭고 양심적이며, 공정하고, 인간애가 있으며, 결단력이 있는 성격으로 약호화하고 있으며, 행위적으로는 노예 처우에 대한 분노를 경험하고 그 해소로 토지구입과 이사, 정착으로 이어지는 시퀀스를 약호화하며, 상징적으로는 마리와 상류층 여자들과의 대화 그리고 메르뱅과 장의 대화에서 볼 수 있는 것처럼 노예제도유지/노예해방, 인종차별/평등과 인권 존중 등의 대립이 약호화되어 있으며, 해석적으로는 마로 가문이 포르 루이를 떠나 그들만의 은둔지 로질리에 정착한 수수께끼의 이유는 식민주의 지배담론과 마리와 장의 저항담론이 갈등하기 때문이다. 이러한 복합적 약호 분석은 담론의 주체인 마리 안느와 장 외드의 주체성을 재현하는 텍스트에 드러나는 탈식민주의 이데올로기를 명시한다. 상류사회 여자들과 메르뱅은 백인우월주의에 입각한 인종차별적인 식민지 지배의 정당화와 노예제도를 지지하는 식민주의 이데올로기적 지배담론을 펼치는 반면, 마리 안느와 장 외드는 인권존중을 기반으로 노예해방을 지지하고 식민지 지배를 반대하는 탈식민지적 저항담론을 펼치고 있다. 포르 루이에서 지배층 백인 식민주의자들의 지배담론은 아프리카 노예에 대한 경멸과 탈주 노예에 대한 공포를 확산하고 재생산하는 데 목적이 있다면, 반대로 마리 안느와 장 외드는 그들의 양심에 따라 노예제도를 거부하고 평등과 인권의 존중을 실천하기에 모리셔스 지배층의 주류문화에 저항하는 담론을 생산한다.

『혁명』의 마로와 키앙베의 가계 서사를 담론과 약호의 개념을 빌어 분석한 결과 식민주의와 탈식민주의 이데올로기를 재현하는 담론들이 서로 대립하고 투쟁하는 과정을 인물들의 주체성 형성과 연결하여 명시해 보았다. 르 클레지오는 일종의 부계사인 마로 가문의 이주사를 기록하는 이 소설을 통해 프랑스와 영국의 식민지였던 모리셔스 섬에서 벌어졌던 대농장 건설과 노예무역 그리고 자연 파괴로 연결되는 야만과 착취의 역사를 증언하고, 은폐되었던 이주자들의 고난과 저항의 기억을 서사화하여 자유와 독립을 위해 투쟁한 모리셔스인들의 이야기를 조명한다.

4. 생태주의적 유토피아

식민주의가 유도한 억압과 탈취 때문에 묻혀버린 과거를 복원하고 파괴된 자연을 치유해야 한다는 당위성은 제국주의가 단순히 피식민지의 정치적, 경제적, 군사적 지배에 그치지 않고 문화, 사회 그리고 환경에 이르는 피식민지 세계의 전반적인 기형화를 초래했다는 비판에서 출발하고 있다. 르 클레지오는 『혁명』의 작중인물을 통해 원시적 자연 복원에 대한 소망을 표현하고 있으며, 잃어버린 낙원 로질리의 역사를 기억하면서 지금 여기의 현실에서 잃어버린 낙원을 다시 찾고자 노력한다. 우거진 열대림, 원초적 자연 그리고 인간과 자연이 소통하는 생태주의적 철학은 르 클레지오의 다수작품에서 꾸준하게 반복되어온 주제 의식 중 하나이다.

생태학(Ecology)은 에른스트 헤켈(E. Haekel)이 명명한 학명으로 그리스어 Oikos(집, 보금자리, 삶의 터전, 생활의 장을 의미)와 Logos(학문)의 합성어로서, 환경과 유기체의 관련에 관한 총체적인 학문, 즉, 생물과 환경의 상호관계를 연구하는 학문을 일컫는다(고현철 2005:101). 생태주의란 인간을 포함한 모든 동식물이 상호 동등한 생존권 혹은 생명권을 갖고 있다는 평등의식을 나타내는 사상이다. 생태주의자들의 의견에 따르면, 인간이 자연에 대한 주인의식과 우월의식을 바탕으로 다른 생물들의 생존권을 약탈하는 행위는 생태계의 네트워크를 파괴하여 자연과 인간 모두의 생명을 위협하는 결과를 낳기 때문에, 인간이 자연에서 혜택을 얻는 보답으로 동식물의 생존권을 보호해주는 상호의존의 시스템을 보전해야 할 의무가 있다. 자연과 인간의 상생을 지켜내기 위해서 사회 전반에 걸쳐서 근본적인 변화가 일어나야 하며, 정치 · 경제 · 문화에 대한 대중의 패러다임과 생활양식이 총체적으로 변화되지 않으면 죽어가는 자연을 소생시킬 수 없다. 효율적으로 자연환경을 관리할 수 있는 과학기술을 활용해도 개발 위주의 정책, 물질만능적 가치관, 소비지향적 생활방식이 그대로 유지된다면 환경저항의 노력은 수포가 되기 때문이다. 자연과 인간에게 당면한 실존의 위기상황을 극복하기 위해서 생태주의자들은 근본적 대안으로 자연 속에 존재하는 모든 종이 인간과 동등한 생존권을 지니고 있다는 평등의식을 대중의 생활윤리로 정착시켜야 한다고 주장한다. 이러한 견지에서 생태주의자들은 서구의 합리주의에서 비롯된 이성만능주의와 인간중심의 사고방식을 철저히 배격한다. 그들은 이성의 잣대로 자연을 인간보다 하위에 두는 고정관념을 환경오염의 근본 원인으로 규정하고, 자연에 대한 인간의 우월의식과 주인의식이 사라지지 않는 한, 과학기술을 통해 환경관리 시스템을 가동

한다고 해도 생태계의 네트워크를 보존하는 데는 한계가 있다고 비판한다. 따라서 생태주의자들은 인간과 동식물의 생명권을 동등하게 인정하여 그들을 생명공동체의 동반자로 끌어안는 차원에서 환경문제에 대처해야만 미래의 대재앙을 예방할 수 있다고 확신한다 (송용구 2002:25-26). 우리는 이 글에서 생태주의를 생물학의 분과학문의 범위를 넘어서는 '메타 담론'으로 탈식민주의 담론과 맥을 같이하는 의미에서 사용할 것이다. 다시 말해, 자연에 대한 통제와 착취가 제국주의의 폭력을 상징하며, 탈식민주의적 투쟁은 파괴된 자연의 복원과 관계된다.

저자의 생태주의적 담론은 제국주의 지배로 피폐해진 피식민지 국들의 자연 파괴에 대한 분노를 표현할 뿐만 아니라 현재까지도 진행되는 산업화와 도시화로 인한 환경 파괴에 대해서도 경종을 울린다. 르 클레지오는 "사라진 세상의 복원"이라는 믿기 힘든 주제를 다뤄 왔으며, 물질과 정신이 조화를 이루는 유토피아, 개인적인 영감과 사회적 참여 그리고 우주의 참여 사이의 조화를 이루는 유토피아를 꿈꾼다. 저자에게 가족 역사의 재건은 잃어버린 낙원을 되찾는 것이며, 파괴된 숲과 자연을 복구하고 그 속에서 자연과 공생하는 삶을 살아가는 방법으로 미래에 대한 희망을 제시하고 있다.

『혁명』에서 마로 가문의 후손들이 로질리를 실낙원으로 여기고 가문의 정신이 남겨진 장소의 복원을 희망하는 이유도 조상들이 로질리를 세운 목적에 연유한다. 로질리는 자연과 인간이 어울리고 소통하며 성숙해나가는 공생의 생태계로, 폭력적이고 부당한 권력의 질서가 지배하는 외부로부터 가족을 보호하고 그들만의 정의로운 규칙과 평화가 지켜지는 성역이며, 마로 가문이 스스로 자생할 수 있는 수단(제재소)을 제공해주고 전쟁과 착취를 일삼는 식민주의자들이 지배하는 도시와 반대되는 대안적 공간으로서 가족이 모여 어려운 시기를 헤쳐나가고 상처를 회복하고 치유해나가는 희망의 장소로 재현된다. 마로 가족의 삶의 터전인 로질리는 그들이 주변의 만물과 함께 공생하면서 평화로운 가문의 부흥기를 맞게 해준 생명의 경이를 간직한 유토피아로 형상화된다. 르 클레지오는 다음 신고서를 통해 마로가(자신)의 조상이 노예제도에 반대하고 양심에 따라 살기 위해 도시를 떠나 로질리에 정착하면서 자유와 평등을 실천하고 이웃과 유색인의 교육을 위해 기부하는 삶, 궁극적으로 자연과의 조화를 실현하려는 생태주의적 주장을 펼친 것을 강조하고 있다.

조항 1. 전술한 집은 상속인 사이에서 분배할 수 없으며, 그 집의 유지와 보수에 드는 비용은 상속인의 재력을 참작하여 공동으로 부담한다. 조항 2. 전술한 집의 주요활동은 식량 재배가 될 것이며, 그 수익금은 모든 구성원에게 동등하게 분배한다. (…) 조항 3. 노예제도와 모든 형태의 강제 노역은 로질리의 소유지 전역에서 금지한다. 마찬가지로 강제노역자와 인디언 도형수의 고용을 금지한다. 조항 4. 이 집을 설립한 첫 번째 목적은 자연과의 조화를 실현하고, 자유와 평등을 실천하는 데 있으며, 특히 경작인과 노동자에 대한 처우에서 어떠한 차별적인 조건의 적용도 받아들여지지 않는다. (…) 조항 5. 끝으로, 수익의 일정 부분은 매년 이웃 주민을 위한 자선 행위에 할애한다. (486-487) *Article 1*. Ladite maison restera indivise entre les héritiers, à charge pour eux de répartir les frais de fonctionnements et d'entretient en regard des moyens de chacun. *Article 2.* L'activité de ladite maison sera la culture de plantes vivrières, dont le fruit sera partagé équitablement entre tous les membres. (...) *Article 3.* L'esclavage est et restera prohibé sur toute la propriété de Rozilis, ainsi que toute forme de travail forcé. De même, sera prohibé l'emlpoi de forçats ou de convicts indiens. *Article 4.* Le but premier de la fondement de cette maison était la réalisation de l'harmonie naturelle et des principes de liberté et d'égalité, il ne pourrais être accepté aucune pratique contraire, en particulier en ce qui concerne le sort des laboureurs et des ouvriers. (...) *Article 5.* Enfin, une part des bénéfices sera atribuée annuellement aux œuvres de charité pour la poplulation avoisinante. (494-495)

마로 가문의 후손들은 1세대의 약속을 지키면서 로질리 주변 숲을 개발하고 농사를 짓고 재제소를 운영하면서 가문의 정착과 부흥을 이룬다. 또한 모든 형식의 노예제도 및 강제노동을 거부하고 식민지 지배의 어떠한 징후도 로질리에 들어오지 못하도록 막는다. 그 결과, 로질리 집과 주변의 숲은 '세상의 끝'에 존재하는 천국이 되었고, 그곳에는 '숲속 사람들'로 불리는 마로 가문의 사람들이 나무와 동물과 시냇물 등 모든 생물과 교감하며 살 수 있게 되었다. 카트린의 회상을 통해서 묘사되는 에벤느의 숲의 전경은 주인공과 동물이 교감하는 공감각적 묘사와 의성어 등을 활용한 시적 문체를 통해 풍부한 서정성이 돋보인다.

당시에 나는 모든 새를 알고 있었고 그들의 노래를 흉내 낼 수 있었어. 그러면 그 새들은 내게 화답을 했지. (…) '트위르, 트위르' 그렇게 아주 부드러운 소리를 내다가, 간혹 누군가를 부르듯 아주 날카로운 소리로 울었단다. 그럴 때면 부리를 벌릴 듯 말 듯하며 '프위트, 프위트, 프위트' 이런 소리를 냈는데, 내가 거기에 대답을 했던 거야. (27) Alors je connaissais tous les oiseaux, je pouvais imiter leurs chants, et ils me répondaient. (…) il faisait des roulades très douces, twirr, twirr, ensuite très aiguës, une sorte d'appel, il entrouvrait à peine son bec et il criait fwit, fwit, fuuyiit, et moi je lui répondais. (30)

최초의 원주민이 세운 신전이 존재하는 숲에서 카트린은 요정과 함께 식물과 대화를 나누었으며, 마로 가문 사람들은 원시인처럼 살았고 그곳은 천국과 같은 곳이었다. 인간과 자연, 주체와 타자 사이의 생명 체계를 균형적으로 유지하여 이 지상에서 조화로운 삶을 살아가려는 이상은 바로 생태 문학이 지향하는 에코토피아(Ecotopia)이며, 삶의 영역이 분화된 현대 사회에서 자본주의의 시장 논리에 잠식당하지 않고 유일하게 자율성을 유지할 수 있는 예술의 영역, 특히 문학을 통해서 에코토피아의 실현이 가능하다. 인간이 자연을 소유하거나 지배하려는 이해관계를 떠나 자연을 순수하게 주목할 때 자연의 아름다움과 만날 수 있으며 여기서 서정소설이 제시하는 인간과 자연의 화해, 주체와 타자 사이의 화합이라는 서정적 전망은 지배와 대립을 넘어서 상호 공존과 공생을 모색하는 생태 문학의 에코토피아와 접목할 수 있는 공통의 영역이 생긴다(김해옥 2004). 생태주의 문학이 추구하는 자연과 인간의 합일과 소통이 이루어지는 세계관을 표현하기 위해서는 인간이 이성이 아닌 오감을 활용하여 세상을 인지하게 되며, 또한 인간이 자연과 교감하는 장면 등을 재현하는 과정에서 서정성이 돋보이게 된다.

하지만 노예제도를 통해 부를 축적한 탐욕스러운 대농장의 주인들은 마로의 숲을 빼앗고 나무들을 베어버리고 그 대신 커피와 사탕수수 나무를 심은 결과, 원시림은 파괴되고 그곳에 살던 동물도 포획 후 상품이 되어 잔인한 실험의 대상이 된다. 카트린은 장에게 고향 숲의 생명체를 구할 것을 간곡하게 부탁한다. 카트린의 추억 속 로질리와 에벤느 숲은 인간과 자연이 하나가 되어 시원(始原)적 삶을 추구하는 생태주의적 유토피아, 에코토피아로 재현되며, 그 낙원을 빼앗기고 파리로 이주해온 그녀에겐 장과의 대화를 통해 실낙원을 추억하는 시간만이 유의미하다. 장의 임무는 가문의 정수가 담긴 에코토피아-로질리를 복원하는 것이 된다. 로질리는, 과거에 존재했었지만, 현재는 잃어버린, 인간과 자연, 주체와 타자 사이의 생명 체계를 균형적으로 유지하여 이 지상에서 조화로운 삶을 살아가려는 이상이 실현되었던 에코토피아이며, 여기서 르 클레지오가 제시하는 인간과 자연의 화해, 주체와 타자 사이의 화합이라는 서정적 전망은 지배와 대립을 넘어서 상호 공존과 공생을 모색하는 에코토피아-로질리로 형상화된 것이다. 가문의 근원지로 돌아가는 회귀의 길에서 장은 혁명과 전쟁의 비극적 상황을 초월하는 가족의 힘을 발견하게 되고, 마로 가문의 탄생지 모리셔스 섬에서 자기 삶의 반려자와 마로가의 후손을 잉태하면서 가문의 에코토피아를 복원하는 임무는 미래의 희망으로 연결된다. 물론 가택 로질리와 제재소 그리고 숲은 사라지고 묘비만 남았지만, "바로 이 판석 아래 로질리의 꿈이 살아

있는 것"(522)이며, 정신적인 유산은 세대를 거쳐 이어질 것이기 때문이다. 로질리로 형상화된 생태주의적 유토피아는 사회의 식민주의 이데올로기에 저항하는 가족의 반사회적 담론을 담고 있으며, 이런 의미에서 탈식민주의 담론과도 맥을 같이한다. 로질리에서 추방된 마로(家)가 모리셔스를 떠난 후 겪게 되는 고난은 당대의 제국주의 폭력에 의한 인간 생존권의 억압과 생태적 파괴와 연관된다. 인간을 자연과 떼어 낼 수 없는 하나의 부분 즉, 생명의 그물로서 상호 의존적인 연결망으로 보는 생태주의적 관점에서, 자연은 인간에 의해 지배되거나 착취당하는 대상이 아니라, 사랑과 존경의 대상이 되어야 한다. 로질리에 대한 기록과 기억을 통해 사람을 포함한 원초적 자연을 복원하고자 하는 소망은 파괴적인 식민주의를 비판하는 방식이며, 작중인물의 입을 통해 표현되는 저자의 탈식민주의적 이념이다. 르 클레지오는 피식민지의 수탈과 희생의 상황을 자연 생명의 공생의 에코토피아의 파괴로 형상화하면서, 자연과 인간의 유비적(상호 간에 대응하여 존재하는 동등성 또는 동일성) 관계를 회복하는 신화를 미래의 희망으로 제시하고 있다. 르 클레지오는 다수의 작품에서 과거 영토 침략과 자원 수탈의 역사부터 현재 경제·문화적 지배로 이어지는 소수 강대국의 헤게모니 쟁탈로 끊이지 않는 분쟁과 환경 파괴 문제[7]를 비판하고, 또한 자연과 분리된 인공적 도심에서 생활하는

---

7 르 클레지오는 『아이』(1971)에서도 파나마의 원주민 사회의 진정함을 산업화한 서구의 타락한 가치들과 대조시킨 바 있다. 저자는 검열과 속박이 없는 자유로운 원주민의 사회에 매료되었으며, 인디언들의 생태주의적 태도-그들은 나무, 식물 그리고 땅을 존경하고 환경을 보호-를 이 소설에서 강조한다. 또한 저자는 아이들에게 대지가 우리의 모체라는 것을 가르쳐야 하고

현대인의 황폐한 삶을 조명하고 기술 발전의 속도를 따라가지 못하는 인간 소외 현상 그리고 상대적 약자-아동, 노인, 장애인, 여성, 이민자, 난민, 빈자, 병자 등-들의 인권 침해를 조명한다.

특히 시원의 자연에 대한 경외와 생태주의적 신념은 탈식민주의와 함께 르 클레지오의 작품세계의 주요 주제이다. 르 클레지오의 생태주의적 유토피아는 원초주의(primitivisme)와도 맥을 같이 하는데, 원초주의는 인간에 의해 지배되거나 파괴되기 전의 원시 상태로의 자연으로, 원천으로 돌아가기를 희구하는 사상으로, 인간을 포함한 모든 생명체와 자연이 우주의 일부로 포함되던 신화적 공간이며, 시원의 사회에서는 인간의 정신적 세계의 중요성이 강조된다. 저자는 이러한 원초적인 세상의 또 다른 재현의 공간으로 고대 그리스 철학의 우주론과 인식론이 펼쳐지는 상상과 환상의 공간인 올리비에 정원을 『혁명』에서 제시하고 있다. 그리스인들은 세계를 하나의 커다란 유기체적인 전체로 파악하고, 신, 자연, 인간을 이 우주를 구성하는 부분으로 보았다. 생명과 자연에 대한 존중을 가지며, 자연은 우리의 일부이고 우리와 동등한 존재라고 여겼다.[8]

르 클레지오는 『혁명』에서 또 다른 과거의 유토피아, 우주 속의 인간과 자연의 순환을 인정하는 고대의 세계관을 조명한다. 전쟁의

모든 것들이 연결되어 있으므로 대지의 자식인 인간은 자연을 보호해야 한다고 주장한다.

8 동일 관점에서 르 클레지오는 『라가』에서 강대국들에 의해 자행된 식민지 지배와 환경 파괴에 대해 비판하는데, 자연과 인간의 지상낙원이었던 태평양의 섬들은 식민주의자들의 수탈과 살육의 폭력 후에 상처와 비탄만이 남게 되었고 그들의 역사는 강제로 "보이지 않게" 되었다고 저자는 고발한다.

공포와 불안이 잠식하는 니스에서 유일하게 평화로운 장소인 올리브나무 정원에서 고등학생인 장과 상토스는 그리스 철학자들의 존재론과 인식론의 형이상학에 대해 논한다. 존재와 사유의 일치에 대해 사색하던 장은 자연 속에서 자아와 세계가 합일을 이뤘던 고대 그리스 세계를 재발견하는 환상적인 계시, 즉 그리스 철학자처럼 자신과 은하계의 연결을 통해 인간 존재의 한계를 초월하는 인식적 체험을 재현한다.

갑자기 그것은 너무도 확연해져서 죽음의 관념을 이기기 위해 담배로 손바닥을 지지는 것처럼, 불에 타는 듯한 고통이 되었다. 한때는 살아 있었고 이제는 사라져 버린 존재들. 사실상 그 느낌은 일종의 현기증이었다. 그 말, 고통, 욕망은 어떤 미지의 공간을 향해 열려 있었고, 다른 장소와 다른 시간대를 향해 그를 끌어당기고 있었다. 그것은 나른한 졸음에 가까웠다. (204) Tout à coup, c'était si clair que cela devenait une brûlure, dans le genre d'un bout de cigarette qu'on appuie sur la main, contre l'idée de la mort. Ce qui était. Ceux qui vivaient. Ceux qui avaient disparu. C'était un vertige, en effet. Ces mots, ces souffrances, ces désirs, ouverts sur un espace inconnu, vous tirant vers un autre lieu, un autre temps. C'était un besoin de sommeil. (207)

전쟁의 불안 속에서 삶과 죽음에 대해 고민하던 장은 고대 철학자들의 가르침을 통해 인간과 우주와의 관계를 통해 시공간을 초월하는 존재의 진리를 깨닫는 체험을 하게 된 것이다. 이러한 시의 직·간접 인용은 서사의 서정성을 더해주고 상상력의 여백을 만들어주기 때문에, 작중인물의 감각적 경험을 전달하기에도 적합한 문체의 활용에 해당한다.[9] 르 클레지오는 『혁명』에서 고대 그리스 철학이 지배하는 미적 가상의 유토피아를 그려내고, 장의 인식적 체험을 재현하면서 순간의 총체성을 그려내고 있다고 볼 수 있다. 이 장면에서는 서정적 주체인 장의 느끼는 세계에 대한 느낌과 정서가 서정적 문체로 표현되어 있으며, 시공간의 흐름이 사라지고, 가상과 진리의 경계를 해체되는 인지적, 감각적 재현이다. 주인공의 경험이 이미저리(imagery 이미지의 결합체 또는 감각체험)로 꾸며진 이 장면은 자아와 세계의 유기적 통일성이 감각언어로 상징화된 것이다. 서정성은 자아 세계의 분열을 없애고 둘 사이의 융합을 지향하는 화합 혹은 총체성에 기반하며, 자아는 세계와의 내밀한 화합을 경험하거나 자신의 내적 인식망을 통해 삶의 진실을 포착하게 된다. 이때 자아와 세계의 내밀한 화합이 일어날 수 있는 공간 즉 가상세계가 드러나게 되며, 자아가 내적으로 경험하는 화합과 진실의 포착은 자아가 만들어내는 하나의 표상이기에 주관적인 이미지에 속한다. 하지만 자아는 그것을 '객관적인 현실'로 인지하고 특별한 의미를 부여함으로써 '인식에 의해 변형된 이미지'를 산출하게 된다. 여기서 자아가 그려낸 세계는 객관세계가 아니라 자아의 시선과 인식이 내포된 세계를

---

9 내면에 유토피아에 대한 열망을 간직한 서정적 주체와 유토피아를 상실한 부정적 현실 간의 극단적인 부조화를 '서정적 아이러니'로 설명한 루카치(2007)는 서사의 '현실의 총체성'은 서정적 서사에서 '미적 가상', 즉 실제 현실이 아닌 예술적 상상으로서의 가상으로 대체된다. 미적 가상이란 자아와 세계가 합일하는 서정적 순간, 찰나의 현현(에피파니)을 통해 지각되는 '순간의 총체성'을 말한다. 미적 가상으로서 자아와 세계가 화합하는 순간의 총체성은 자아와 세계가 대립하여 총체성을 상실한 현실을 더욱 역설적인 방식으로 환기하게 된다.

표상하게 되며, 이 일련의 과정을 통해 자아는 세계에서 화합의 경험을 이끌어내고 그 순간을 정지된 화면 안에 담아낸다. 그것이 바로 서사의 흐름에서 벗어난 또는 정지된 시간을 의미하는 초상으로 하나의 이미지이다.

르 클레지오는 『혁명』에서 자아와 세계가 화합하는 시원의 유토피아로 고대 그리스 철학이 되살아난 올리비에 정원을 재현하고 있으며, 그곳에서 장이 느끼는 우주와의 교류는 현기증처럼 감각적 경험이라는 이미저리로 서정적 묘사를 통해 표현되고 있다. 다른 한편으로 저자는 인간이 소위 합리적 이성을 지배와 조절의 도구로 변화시켜 시원의 자연을 훼손하고 또 다른 타자를 억압하여 그 결과 소외와 갈등을 낳고 있는 현실에서는 더는 불가능해진 주체와 객체의 합일을 시원의 유토피아를 통해 서정적으로 형상화하여 표현한다.[10]

하지만 주인공 장과 그 친구들의 순수한 이상이 구현되던 장소였던 올리비에 정원은 알제리 전쟁과 함께 어른이 되어 버린 청춘들에게 더 이상 출입이 허용되지 않는 곳이 되면서, 올리비에 정원 역시 실낙원으로 돌아가고 싶지만 돌아갈 수 없는 상징적 공간으로 형

---

10 프리드먼(1989)에 의하면, 소설 문학의 근본 특징인 서사성은 인간과 환경 사이의 갈등을 합리주의로 인식하려는 시도이기에 서사의 인과적 플롯은 인간과 세계 사이의 갈등에는 원인이 있다는 것을 전제한다. 또한 서정적 소설은 주체와 객체의 화합이 불가능한 시대에 예술이 가상의 형식을 통해 화합을 그려내어 예술의 심미성과 현실과의 극단적인 부조화를 통해 현실과의 갈등을 표현한다. 근대 이성주의가 자연을 지배하는 인간의 합리성을 강조한 결과 자연과 분리된 인간은 고립과 소외된 존재로 실존해야 했다. 이렇게 19세기 낭만주의는 사회적 부조리로부터 도피하여 개인적 구원의 공간, 즉 관념 속에서 펼쳐지는 자연풍경은 순수성을 잃지 않은 세계였고 자연과 인간이 소통하는 유토피아는 사회에 대한 저항의 수단이자 구원을 안겨줄 피안(彼岸)으로 활용된다.

상화된다. 올리비에 정원에서 장과 함께 고대 그리스 철학을 논하던 상토스도 알제리 전쟁의 희생자가 되고, 고등학교 친구들도 전쟁의 잔인함을 피해 타국으로 떠나간 뒤 혼자 남은 장 역시 니스를 떠나 영국으로 출발한다. 신비로운 침묵이 감돌던 평화로운 사색의 장소였던 올리비에 정원은 전쟁의 여파로 파괴되고, '겟세마네(GETHSÉMANI)'라는 이름의 고급 아파트 단지로 변모하게 된다. 철학이나 인본주의가 전쟁으로 파괴되는 현실을 상징적인 장소의 환유와 명명-예수가 십자가를 지고 올라가던 골고다 언덕의 이름인 겟세마네-을 통해 비판하려는 저자의 의도가 반영된 것이라고 판단된다. 결국, 르 클레지오는 『혁명』에서 장의 순수한 영혼이 우주와 합일을 이룰 수 있었던 신비한 장소인 올리비에 정원을 잃어버린 시원의 유토피아로 형상화했고, 과거 마로 가문이 자연과의 합일을 이루던 생태주의적 유토피아를 로질리로 형상화했다. 이 실낙원은 모두 식민주의 전쟁을 일삼는 인간의 소위 문명 세계에 의해 파괴된 상징적인 삶의 터전이며 신화적인 장소이다. 르 클레지오는 자연을 대안세계로 제시한다.[11] 모든 인위적이며 불평등한 문명과 산업화에 맞서 자연적 질서를 지고의 가치로 내세운 것은 식민주의 지배담론과는 다른 자연중심적 세계관을 정립하고자 하는 정치·사회적 함의

---

11 루소(Rousseau)는 자연을 인간의 실용적 관점에서 바라보거나 사회적 관념으로 파악하지 말고 있는 그대로 보고 즐길 것을 제안(2006)했으며, 인간의 필요나 목적에 따라 자연을 찾지 말고 자연 속에서의 무위, 자연과의 합일을 추구해야 한다는 루소의 생각은 당시의 인간 중심적 자연관에 맞선 자연 중심적 자연관이었다는 점에서 의의가 있다. 루소가 꿈꾸었던 자연과의 합일은 특히 오늘날 우리가 절실히 필요로 하는 새로운 태도이기도 하다. 자연과의 합일을 위해서는 무엇보다도 나라는 존재, 즉 인간 중심 관점을 잊어버리는 것이 필요하다.

를 포함하고 있다. 과학지식의 성장, 기술의 진보, 급속한 경제성장 등을 지고의 가치로 여기는 세계화를 비판하며 저자가 추구하는 세계는 잃어버린 낙원의 회복이다.

르 클레지오는 국가와 민족 혹은 종교라는 미명 하에 반복되는 갈등과 분쟁 그리고 전쟁에 대해 고발해왔으며, 특히 서구 유럽 국가들의 식민지 역사를 통렬히 비판하고, 산업사회와 도시화 물질문명에 의해 파괴되는 자연과 인간의 순수하고 정신적인 영역을 복구할 것을 지지해 왔다. 제국주의의 식민주의 이데올로기를 대항하기 위해 탈식민주의와 생태주의를 담은 서사를 생산하면서 진정한 의미의 글쓰기 문화 저항과 창조적 글쓰기를 수행해온 것이다. 생태주의 문학은 문학의 고유한 힘, 즉 상상력을 통해 새로운 생태 존중 사회에 대해 유토피아적인 꿈을 보여주어야 한다. 현대 생태주의 문학은 독자에게 망가진 자연의 실상을 목격하게 함으로써 지구 생명체를 병들게 한 원인이 우리의 사회현실에 내재함을 감지하고 생명 파괴의 가속화를 막기 위한 해결책 마련과 참여를 촉구한다. 생태문학의 저항은 자연과 인간의 상생을 파괴하는 사회적 병인들을 비판하고 개혁하려는 현실극복의 행위이며, 이를 바탕으로 새로운 생태학적 낙원을 향해 탈출구를 모색하는 변혁운동이다. 생태주의 문학은 기술문명의 급진적 발전, 서구의 시장경제 체제, 대량생산과 과소비, 발전을 가속하는 성장 제일주의, 정부의 개발정책과 건설사업, 산업재해, 군사무기 발전과 증가, 전쟁, 핵개발 및 핵실험, 환경과 생태계에 대한 무관심, 서구의 합리주의, 낙관적 진보사관, 인간 중심주의 등을 고발하고 있다. 자연과 사람의 상생을 파괴하는 요인들을 구체적으로 인식하고 그 병적 요인들을 개혁해나가려는 현실극복의 노력이 요구되며, 자연과 사람의 조화로운 상생이 이루어지는 에코토피아를 지상의 현실 속에 구현하기 위해서도 능동적인 저항이 필요하다고 주장하고, 자연을 파괴하는 원인에 대한 비판의식을 강화해나가며 기술문명의 급진적 속도와 파괴력을 무디게 만드는 저항의 힘으로 구체적 현실개혁을 지향하는 까닭에 생태주의 문학은 참여문학의 한 유형으로 규정될 수 있다. 같은 맥락에서 르 클레지오의 『혁명』에 나타난 생태주의 글쓰기 역시 저자의 현실비판과 저항의식을 보여준다. 저자는 로질리로 형상화된 인간과 자연이 공존하고 모든 생명이 동등하게 존중되는 에코토피아를 미래의 희망으로 제시하면서 생태주의에 입각한 저항 문학 그리고 참여문학을 수행하고 있다.

저항과 창조적 글쓰기에 의해 설정된 공간이 아직 유토피아적인 공간이라 하더라도, 자연과 인간의 유기적 관계를 지지하며 자연생태계를 무분별하게 파괴하는 것은 곧 인간사회의 훼손을 의미하는 것이며 이러한 생명존중 사상은 평등사상으로도 이어져서 각 지역의 특성과 개개인의 자유의사가 얼마나 존중되느냐에 중요성을 부여한다. 생태사회를 위한 새로운 세계상의 핵심은 유기체적, 전일적으로 세계를 보는 관점이다. 즉 모든 생물은 다른 모든 생물과 서로 깊이 연관되어 있고, 전체를 부분으로 쪼개는 대신 부분과 전체의 상호 연관 관계를 연구해야 하며, 우주는 역동적이고 살아 움직인다고 보는 관점이다. 바로 이것이 생태학적 패러다임의 기본이다. 생태학적 세계관을 바탕으로 자연에 대한 인간의 태도, 자연 속에서의 인간의 역할, 사회적 가치, 종교적 관점, 교육과 연구, 정치·경제 체제 등 모든 부분에서 새로운 가치와 기준을 세워야 생태사회를 이룩할 수 있다. 이런 의미에서 인간 공동체의 윤리는 자연생태계 전체의 윤리에도 적용되고, 이것이 강자의 논리에 의해 무시될 때는 다양한 저항의식으로 표출되어야 한다. 지배층이나 권력자의 시선이 아닌 익명들-르 클레지오의 주인공들은 사회의 비주류층에 속하는 개인을 대표하는-의 관점에서 역사를 적는다는 것은 서구 물질주의 문명에 의한 비인간화에 대한 저항이며, 인간 간의 신뢰를 가져다주는 만남, 생명의 에너지 그리고 감정의 교류를 강조하기 위해 르 클레지오는 인간과 문학에 대한 믿음을 고수해왔으며 문학을 통해 인간 사회에 변화를 미칠 수 있다고 믿고 있다.

5. 결론

르 클레지오는 『혁명』에서 프랑스 대혁명부터 68혁명까지의 프랑스의 근현대 역사의 전쟁과 혁명을 가로지르는 마로 가의 7대에 걸친 역사를 다중 서사의 복합 구조를 활용하여 다양한 작중인물들의 시간과 장소가 다른 삶의 서사들을 풍부한 서정성과 서사성 속에서 보여준다. 가족사 소설인 『혁명』에서 저자는 작중인물들이 고향을 떠나 타인과 타국을 만나는 경험을 통해 각자의 주체성을 탐구하는 이주의 길의 교차를 소설적 구조로 형상화하여, 그 결과 가문의 이주기를 통해 시공간적 제약을 초월하고 문화적 제약을 넘어서는 저자의 세계관과 역사의식 그리고 미래 전망을 펼치고 있다. 르 클레지오는 유럽 대륙에서 벗어나 모리셔스 섬과 아프리카, 그리고 멕시코 등지의 식민지 역사에 대한 탐구와 체험 그리고 고대 그리스 철학과 아프리카 신화 등 다양한 문화적 소재를 접목하여, 시대와 공간을 초월하는 상호존중 기저의 개방적인 세계관을 이 소설에 담고 있다. 저자가 다양한 문화의 만남을 통해 얻고자 하는 것은 자국의 지리적, 문화적, 통념적 세계관과 사고관에서 벗어나 전 지구의 환경과 타인과 타국의 문화에 대한 개방적 인식을 통해 개인이 사회와 국가와 연관해서 가지고 있는 사회 · 문화적 정체성의 폐쇄적 면모를 점검해보는 기회를 얻게 하려는 것이다. 르 클레지오는 수많은 여행과 이주를 통해 다양한 문화를 체험하면서 서구유럽중심주의 사고의 협소성을 거부하게 되고 소위 제3세계 문화라 불리는 다양한 문화들에 대한 탐구를 통해 상호존중 기저의 개방적인 세계관을 자신의 문학적 철학으로 발전시켜,[12] 다양성의 미학을 통해 장르와 음색을 변화시키면서 불의에 항의하는 작품들을 써오고 있으며, 이러한 노력

---

12 르 클레지오의 문화 교류 철학은 테일러(Taylor)가 정의한 문화다원주의와 맥을 같이한다. "다양한 문화에 대한 사실적 인정과 더불어 다양한 문화가 지닌 각각의 고유한 가치에 대한 인정을 전제한다. 각 문화 사이에 존재하는 차이를 차이로 인정함으로써 보편적인 판단기준을 거부하는 문화다원주의는 그러나 모든 문화에 각각 고유한 가치가 있다는 사실 판단으로부터 모든 문화에 동일한 가치를 인정해야 한다는 규범적 문제를 엄격히 분리함으로써 어떠한 규범적 판단도 용납하지 않는 탈근대론자들의 가치상대주의적 관점을 벗어난다. 즉 모든 문화에 내재해 있는 고유한 가치에 대한 인정으로부터 곧바로 모든 문화에 동일한 가치를 부여하는 당위성이 도출되지는 않는다는 것이다. 문제가 되는 것은 각각 문화가 지닌 고유성과 차이성에 대한 인정이지, 이러한 문화에 동일한 가치를 부여한다는 규범적 요청이 아니다. (...) 문화다원주의는 낯선 문화에 대한 개방성을 요구하는 다원주의적 태도를 요구한다." (정미라 2005:226-228 재인용)

은 지속되는 창작 과정에서 항상 변화하고 새로워지고 있다.

　그의 작품은 차별과 소외 그리고 폐쇄성을 거부하면서 인간적이고 관대한 태도로 세상을 품고 있다. 르 클레지오는 범세계적인 문화의 혼종성과 교류를 강조하면서 다음과 같이 말한 바 있다. "인종(들)은 존재하지 않는다. 오직 하나의 인류만이 존재하며, 그 안에 피부색이 다르고 신장이 다르고 다양한 특징을 가진 남성(들)과 여성(들)이 있을 뿐이다."(Paştin 2010:52 재인용). 르 클레지오는 2010년 모리셔스 작가 아스가랄리(Asgarally)와 함께 국제 문화 교류와 평화를 위한 재단(Fondation pour l'Interculturel et la paix)을 설립하고, 성별과 인종의 구별 없이 모든 개인의 내적 발전을 위해 전 세계의 문화에 관한 연구와 교류를 장려하려는 투쟁을 계속하고 있다. 르 클레지오는 문화의 다양성을 보존하기 위해서는 문화들의 만남과 타협이 보장되어야 하며, 이때 모든 문화는 동등하게 인정되어야만 문화의 자율적 독립성을 지킬 수 있다고 주장한다.

　르 클레지오는 『혁명』에서 자기 정체성 구축을 위해 새로운 삶의 기회를 찾아 모험을 감행하는 주인공의 존재적 탐구를 이주의 여정으로 형상화하면서, 문명화된 서구 도시의 고독한 사회를 떠나, 대륙의 가장자리에서, 원초적 자연의 공간, 인간과 자연의 유대가 살아 있고 그 덕분에 생명 존중과 평등의식이 실현되던 생태적 유토피아를 꿈꾸면서 인간과 자연이 합치되던 과거의 세상에 대한 향수와 더불어 생태주의적 삶의 필요성을 강조하고 있다. 『혁명』에서 실낙원 로질리로 형상화된 원시자연으로의 복귀에 대한 소망은 모든 생명에 대한 존중과 차별 없는 평등한 삶의 방식을 회복하고자 하는 저자의 철학을 반영한 것이며 다시 말해 르 클레지오가 가문의 선조가 만든 생태주의적 유토피아 로질리에서의 인간과 자연이 조화를 이루는 가운데 모두가 평등한 삶의 철학과 그 실천에 대한 참여적 의지를 표명한 것이다. 마로 가문이 생태주의적 낙원인 로질리로 돌아가려는 회귀는 전쟁과 혁명이 있는 비극적 외부 세계와 분리된 자연과 인간이 공존하던 과거의 지상낙원으로의 회귀일 뿐만 아니라, 집이 가진 '다의적 상징', 즉 개인의 정체성과 가족의 역사성뿐만 아니라 사회와 국가 그리고 문화적 가치와도 관계된다. 우선, 집은 가족의 생활 터전으로 자아 구성의 핵심요소이며 가족 구성원인 개인의 정체성과 안전성의 원천이기 때문에 가족의 집은 기억의 저장소로 가족 구성원이 회귀해야 하는 곳으로 인식된다. 더 나아가 집으로의 귀환은 모국으로의 귀환으로 연결되며, 집과 민족 사이에 존재하는 이데올로기적·상징적 연계에는 폐쇄성(공동체, 민족, 인종)과 개방성(환대, 문호개방, 이방인 환영)이 동시에 존재한다. 민족이나 인종의 기반에 가족이 존재하기에 주체와 타자의 구분을 과장하여 국수주의, 인종차별주의, 자문화중심주의 등의 발달과 수사법에 명백한 영향을 주며, 반대로 교류나 교역 등을 통해 국가들의 지역적 연맹(의 확장), 지구촌의 개념이나 세계화를 통한 세계시민의식으로도 확장될 수 있다.

이런 맥락에서 『혁명』의 로질리는 저자가 자신과 가문의 정체성을 형상화한 것이며, 모국 모리셔스와의 동일성을 통해 식민주의 과거와 결별하고 싶은 의도를 반영한 것이라 해석된다. 르 클레지오는 자신이 프랑스에서는 이방인처럼 느껴지며, 진정한 마음의 고향은 모리셔스라고 말한 바 있다. 르 클레지오의 탈식민주의 성향과 생태주의적 그리고 다문화지향의 문학적 철학을 기반으로 판단하자면 프랑스와 영국 등의 서구 유럽 국가보다는 모리셔스 섬의 생활이 작가의 참여주의적 철학에 부합한다.

르 클레지오는 백인남성의 우월성을 바탕으로 한 이데올로기로 무장한 식민주의 전쟁의 주범인 국가의 일원으로서의 정체성을 거부하고, 자신을 유럽 제국주의가 펼친 식민주의의 현신인 백인남성이 아니라, 거듭되는 이주를 통한 세계인으로 정의하고 싶은 작가의 입장을 표한다고 볼 수 있다. 유럽의 팽창주의 역사에 대한 책임감과 죄책감을 가진 저자는 유럽문화우월주의와 서구중심주의에 대해 강하게 비판하면서, 탈식민주의적 글쓰기를 계속하고 있다. 저자는 『혁명』에서도 전쟁과 혁명의 이주 난민들과 희생자들을 초점화하면서, 그들의 잊힌 역사를 다시 적고, 과거의 유럽의 식민주의의 폭력적 역사를 고발하고 반성하는 실천적 글쓰기를 실행하고 있다.

복수로 쓰인 혁명(들)*Révolutions*이라는 제목은 새로운 질서의 도래를 위한 과거 사회와의 단절을 의미하는 동시에 필연적인 주기적 복원을 의미하며, 개인과 가족뿐만 아니라 민족과 국가, 시대와 문화 등이 소멸과 탄생을 통해 순환을 반복하는 과정을 상징하며, 인류가 전쟁과 죽음 같은 상처와 상흔을 가족애와 인류애를 통해 회복하고 극복하는 역사 속 순환 과정을 현상화한다. 이러한 주기적인 복원의 순환은 자연의 생성-소멸-재생산의 질서처럼 인류의 역사 속에서 무한 반복된다. 르 클레지오는 인간 구원의 모색을 위해 과거와 현재와 미래를 통괄하는 철학적 탐색을 계속하면서, 『혁명』에서 과거의 기억으로부터 미래를 배우는 '오래된 미래'처럼, 비극적인 역사

상황 속에서도 인간의 삶이 지향할 수 있는 가치는 생태적인 삶에 대한 희망이라는 것을 문학으로 구현하고 있다.

헬레나 노르베리-호지는 『오래된 미래』에서 인도 북부 작은 마을 라다크에서의 자신의 이주 경험을 토대로 인간과 자연이 소통하며 존중받던 과거의 생태주의적 삶의 터전을 회복하고 마을의 구성원 모두가 평등하고 차별받지 않던 과거의 삶을 되돌아볼 필요가 있다고 주장한다. 빈약한 자원과 혹독한 기후에도 불구하고 생태적 지혜를 통해 천년이 넘도록 평화롭고 건강한 공동체를 유지해온 라다크가 서구식 개발 속에서 환경이 파괴되고 물질적 생산과 소유의 불평등한 분배 때문에 사회적으로 분열되었기 때문이다. 산업화한 현대 도시의 삶을 좇으려던 라다크인의 삶은 오히려 과거보다 더 황폐해졌고, 그들의 자연은 심하게 훼손되었다. 저자는 현대 산업사회의 폐해를 비판하고, 평등한 삶의 터전으로 과거의 생태주의적 삶의 복원을 제시하는 것이다. 이는 르 클레지오가 『혁명』에서 생태주의 실낙원 로질리를 마로 가문의 미래의 대안으로 제시하는 것과 맥을 같이한다.

부계사의 증언과
다방향 생태 기억

『알마』의 멸종 탐사와
예지적 순례

르 클레지오에게 모리셔스는 다문화적 정체성의 중심을 형성하는 모국이자 가족사의 상흔이 남아있는 기억의 장소(lieu de mémoire)이다. 1980년대 중반부터 섬으로 귀환하는 인물들이 등장하는 일종의 추적 서사를 꾸준하게 창작해왔으며, 이렇게 자전적 성격이 강한 작품들의 정점을 찍은 『혁명』을 2003년 발표한다. 마로(家)의 이주사(移住史)를 집대성했던 작가가 십여 년이 흐른 뒤 모리셔스 부계 가족의 기억을 추적하는 아들의 탐험을 『알마』에서 또다시 변주한다. 이러한 연작을 르 클레지오의 '섬 문학'이라고 부를 만큼 작가에게 모리셔스의 문화적 정체성이 중요하며, 이를 지키기 위해 섬사람으로 살았던 가족의 과거를 회고하고 복원하는 작업에 몰두해 왔다. 작가가 '섬나라 특성(insularité)'이라고 지칭한[1] 모리셔스 고유의 문화적 자산은 섬사람들의 사라져가는 기억을 부활하는 『알마』에서도 잘 드러난다. 특히 대다수 세계인의 무관심 속에서 과거 사탕수수 재배 식

1　갈리마르의 『알마』 출판 기념 (2017년 10월 5일) 르 클레지오 인터뷰. *Alma* de J.M.G. Le Clézio. Entretien de Gallimard: http://www.gallimard.fr/Media/Gallimard/Entretien-ecrit/Entretien-J.M.G.-Le-Clezio.-Alma/(source)/294822

민지였던 섬들에서 노예제도 관련 기록들이 계획적으로 파괴되는 현상에 대해 주목한다. 제국주의 노예무역과 강제노역의 사료들을 훼손하는 과정은 지속해서 이루어졌는데, 이주민들의 원래 이름을 세례명으로 수정하면서 그들의 명부를 삭제하거나 새로운 계약 시 이전 서류를 말소하는 방식으로 관련 자료들을 지워나갔다. 또한 노예 출신 후예들의 민족 혈통을 무시하고 그들의 고유문화나 종교의 차이를 인정하지 않는 방식으로 검열하면서 해당 기록을 체계적으로 폐기했다. 이렇게 공식기록에서 찾을 수 없는 가혹한 식민지배가 기억의 단절을 가져오면서 결국 전체 역사를 왜곡했기에 평범한 거주민들이 과거 실제 사실들을 전달받지 못하는 고통에 시달리게 된 것이다. 르 클레지오는 다수의 모리셔스인이 자신처럼 가족의 기억을 찾기 위해 몰두한다고 지적하며, 그 이유는 실질적 역사가 침묵 속에 가라앉아 있기 때문이라고 주장한다.

실종된 공식역사 서사를 대신하는 『알마』에서 작가는 모리셔스의 두 얼굴을 소개한다. 매력적인 웃음을 띤 약간 순진한 섬의 얼굴은 느긋하고 달콤한 분위기를 풍긴다. 어린애 같은 크레올 말투를 쓰는 인도양 섬사람들이 손만 뻗으면 잘 익은 향긋한 과일을 먹고 살 수 있는 숲과 심각한 일은 도통 일어나지 않는 해변에서 유유자적한 삶을 산다는 파라다이스 신화 속 세상이다. 현대 관광 산업은 풍요로운 푸른 낙원이라는 홍보용 섬 이미지를 만들어내고 해외 관광객에게 봉사하는 역할을 섬사람들에게 부여하면서 첨단기술 혁명과 발전 주도국에서 배제된 열등한 국민 또는 원주민의 정체성을 부여하고 있다. 하지만 관광객들에게 보이지 않는 또 다른 섬의 얼굴은 폭력의 가면 뒤 숨겨진 모습이다. 식민지화와 노예제도라는 부당한 역사를 겪고 그 상처가 그대로 남아있는 섬나라. 그리고 최대이윤만을 추구하는 새로운 국제화가 돈과 권력을 총동원하여 폭풍우처럼 이 섬을 쓸고 갔고 그 결과 고유한 전통과 도덕적 가치들이 무너지고 사회적 불평등과 불공정을 심화했다.

이러한 신중한 우려와 사려 깊은 애정을 담아 소수 특권층만 행복한 모리셔스 사회의 현실을 알리고자 작가는 자신이 보고들은 멸종위기 부족의 마지막 후손들이 가진 추억들을 연결하여 전하고 있다. 소아성애 관광객들의 꿈의 먹잇감인 어린 크리스탈과 알마 사유지에 침입한 불도저들에 의해 자신의 오두막이 무자비하게 짓밟힌 늙은 이야기꾼 아르테미시아 그리고 과거 노예 무역상의 후손 잔 토비와 대농장에서 일하던 아프리카 노예들을 기억하는 에멜린 등이 들려준 섬 역사를 이 소설에서 구현한다. 프랑스와 영국의 식민지배를 차례로 겪은 모리셔스는 섬나라의 크레올 문화를 형성했고, 이러한 섬의 역사가 현재 일종의 함정처럼 작용한다고 르 클레지오는 지적한다. 프랑스와 영국의 식민지배를 차례로 겪은 모리셔스는 섬나라의 크레올 문화를 형성했고, 이러한 섬의 역사가 현재에는 장애물처럼 작용한다고 르 클레지오는 지적한다. 아프리카 노예무역과 강제노역을 통해 번성했었던 사탕수수와 담배 등의 대농장 재배 산업은 이미 사양길에 접어들었고, 외국인 관광객을 위한 대규모 레저 센터를 짓기 위해 섬 곳곳은 공사판으로 변해 버렸다. 풍요로운 땅과 푸른 낙원이라는 환상 속 섬을 즐기기 위해 방문하는 해외 관광객으로부터 얻는 경제적 이익은 대다수 섬사람에게 돌아가지 않으며, 글로벌 프랜차이즈 관광 산업의 발전은 유럽 대륙 본국 출신 백인 지주들의 후손 중 일부로 구성된 소수 특권층을 더 부유하게 만들 뿐이다. 세계화 물결은 섬의 경제 양극화를 강화했고 동시에 생태계를 파괴했다. 그 결과 동식물의 멸종을 막기 위해 '야생 보호구역'을 별도로 운영해서라도 섬의 자연과 숲을 지켜야 하는 지경에 이르렀다. 그들이 빠진 섬의 곤경을 서술한 르 클레지오는 자신이 완전히 섬에만 속하지는 않기에 일종의 거리감과 풍자 그리고 유익한 의심을 갖춘 관찰자로서 『알마』를 집필했다고 부연한다. 저자는 식민지 시대 역사와 전통문화가 파괴되는 동안 모리셔스의 자연 역시 심각한 훼손을 입었으며 멸종된 도도(새)처럼 섬의 생명력과 종의 다양성을 잃어가는 현실을 알린다. 끝없는 탐욕과 개발 그리고 무절제한 소비의 결과 환경 파괴는 나날이 심각해지고 인류세(Anthropocene)에 살아남은 생명체(creaturely 자기 종을 제외-때때로 포함-한 생물들을 거리낌 없이 죽일 수 있는 인류와 구분하는 'non-human animal인류 외 동물')의 생태 위기도 점차 커진다. 모리셔스에서 도도(새)가 멸종된 것처럼 가까운 미래에 사라질 종은 생명체뿐일까? 아니면 도미닉 펠셍과 같은 섬사람들을 포함한 인류일까? 작가는 그 대답 대신 불편한 진실에 관한 질문을 반복한다.

1. 제레미의 가계사 탐구 여정

르 클레지오의 『알마』는 결핍에서 시작하여 내적 탐구가 시간상

선행성의 탐색으로 이동하는 "가계(家系) 서사(récit de filiation)"에 속한다. 비아르는 1980년대부터 다양한 계층의 프랑스(어) 작가들이 가족의 역사를 기록·서술하는 문학 장르에 집중했다고 지적한다(Viart 2009:92-112). 자기 가족의 근원인 선조 이야기를 알고자 하는 욕구가 가계 서사라고 분류할만한 작품들을 대량 생산했으며, 특히 이 서사들에서 두드러지는 공통점 중 하나가 바로 아버지의 침묵 또는 아버지의 부재이다. 자녀들은 아버지가 침묵함으로써 그의 부재를 느끼거나 그가 이전 세대와의 연결고리를 단절해버려서 자신들이 마치 고아들처럼 성장했다고 서술한다. 이러한 아버지의 침묵은 그가 가진 상징성, 즉 사회적 권위와 시대 담론을 구현하는 인물로 여겨지기 때문이다. 작가들(또는 그들의 화자들)은 자신을 희생자로 경험하는 계승의 결핍으로 인해 가계 서사를 쓰게 되었고, 가족의 과거 기억들 속 빈칸을 채우기 위한 탐색을 바탕으로 이 서사들의 구조가 이뤄지게 된다고 비아르는 설명한다(2009:99-102). 아버지의 침묵 때문에 단절된 부계 가족사를 조사하기 위해 주인공 제레미가 모리셔스로 돌아와서 펠생(家)의 기억을 탐험하는 과정은 화자의 내적 탐구로 이어진다. 아버지의 유물로 간직했던 멸종된 도도(새)의 위석(胃石)은 시간을 거슬러 지난 세기 도망 노예들의 삭제된 기억까지 밝히는 계기가 되고, '알마' 대농장에서 희생당한 아프리카 노역자들의 이야기까지 이 기록에 담는다. 자전적 성향의 작품에서 관찰되는 일종의 부재한 부성 찾기는 아버지의 침묵이 만들어낸 결핍을 채우기 위해 본능적인 회귀를 반복하면서 좌절된 욕구를 충족하려는 아들의 노력을 반영한다. 『알마』뿐만 아니라 모리셔스로의 회귀를 화자의 탐험 또는 여정으로 서사화한 르 클레지오의 섬 문학 작품들이 모두 가계 서사의 문학적 특징을 가진다. 이렇게 가족기원에 대한 탐구, 즉 역사 연구를 바탕으로 상상력을 동원하여 완성한 가족사를 재조명하는 가계 서사들이 작가의 고유한 작품세계를 구성하고 있다.

모리셔스 시절의 이야기를 아들에게 전달하지 않았던 작가의 아버지처럼, 섬의 기억을 한 번도 아버지한테서 듣지 못했던 제레미도 모리셔스에 도착했으나 가족의 실체적 과거는 마치 유령처럼 재건하기 힘들다. 이미 단절된 가문의 역사를 되찾기 위한 후손의 추적은 역사보관소에서 시작하나, 이곳에서는 선조의 과거 기록을 전혀 찾을 수 없었고, 현재 이 섬에는 다른 펠셍(家)이 살지 않는다는 것만을 재확인한 제레미. 자기 가족의 근원을 찾아 아버지의 고향으로 돌아왔으나 완벽한 이방인 아들에게 모리셔스는 미지의 땅이며 섬의 역사에 대해서 문외한이었던 그가 힘겹게 찾아낸 단편적인 사실들 사이에는 빈 곳이 너무 컸다. 여전히 미궁 속에 감춰진 부계 가족사를 탐구하던 제레미가 찾아낸 유일한 실질적 증거는 묘비에 새겨진 이름들뿐이다. 가족의 비밀로 감춰지고 추억으로 변형된 과거의 파편들을 잇기 위해, 마지막 증인들을 찾아 나선 화자는 연세가 지긋하신 이웃들로부터 아버지 시절의 추억 일부를 수집하려 노력한다.

비아르는 프랑스에서 전례가 없는 이 가계 서사라는 문학적 형태가 이 시대의 보편적인 사회적, 역사적 변화-영광의 30년과 냉전이 끝난 후, 쇼아라는 참사의 비극적 영향을 측정하기 위해 20세기를 돌아보는 시대-를 반영한 문학이라고 주장한다(2009:104). 아버지 세대가 공유하는 문제적 역사성에 대한 수치심 때문에 후세대로의 기억의 전수가 단절되었다는 가계 서사 탄생의 시대적 배경에 대한 비아르의 분석이 소설 『알마』에도 부합함을 살펴보자. 침묵의 본질을 바꾼 무언가-홀로코스트와 이 최대 재앙에 대한 초기 부정과 침묵한 시기-가 일어났고 문학이 이를 주목하고 가계 서사들에서 그 현상을 드러낸 것이다. 작가는 자전적 에세이 『아프리카인』(2004)에서 이십 대부터 은퇴까지 영국 군의관으로 카메룬과 나이지리아에서 근무했던 아버지가 본인을 아프리카인으로 생각했으며 손수 그린 왕진 지도에 도보 시간을 남길 만큼 그 나라들의 산간벽지에 사는 거주민들의 건강을 위해 헌신하며 몸과 마음을 바쳐 사랑했다고 기술한다. 대영제국의 식민주의와 노예제도를 평생 비판해 온 아버지가 과거 강제노역 사실을 감추기 위해 르 클레지오에게 부계사를 전수하지 않았다는 것을 짐작할 수 있으며, 유사한 맥락에서 20세기 초 섬을 떠나야만 했던 가족의 상황도 기억의 전달을 막는 요인으로 작용한다. 즉 은행을 대동한 사기꾼 같은 이웃들에게 속아서 모든 재산을 압류당하고 추방당하듯 유럽으로 이주했기에 『혁명』의 마로(家)와 『알마』의 펠셍(家)처럼 작가의 아버지를 비롯한 친척들도 이 시기의 수치스럽고 괴로운 추억을 자녀 세대에게 들려주기를 꺼렸을 것이다.

아버지 세대와 아들 세대 간 기억의 단절과 가계 서사를 통한 기억의 재봉합 과정을 이 소설에서 좀 더 자세히 들여다보자. 자기 아버지로부터는 전혀 듣지 못했던 펠셍의 과거 호시절, 어떤 모험도 필적할 수 없을 만큼 환상적이던 따뜻한 '모성애로 가득했던 알마(Alma mater)'를 기억하는 격양된 에멜린의 이야기를 들으며 화자는 사라진 세계를 상상으로 그려본다. 제레미의 아버지와 행복하게 뛰어 놀았던 알마의 기억을 달콤하고 쌉쌀했던 사탕수수의 맛으로 생생하게 떠올리는 그녀의 유년 시절 추억담을 들으며 아들은 자연스레 미소를 짓는다. 꽃과 나무에 둘러싸인 아름답고 풍요로웠던 가문 저택과 바쁘게 돌아가던 사탕수수 공장 덕분에 인파로 붐비던 거리, 이렇게 기분 좋은 기억들로 가득했던 알마는 이제 사라지고 없다. 펠셍은 가문의 영토를 빼앗기고 모두 섬을 떠났고, 섬에서 가장 큰 규모의 대형쇼핑몰 '마야랜드'가 그곳에 건설 중이다(321).

아버지의 침묵 속에 은폐되었던 대농장에서 이뤄졌던 강제 사역 (使役)은 톱시(Topsie)의 기억을 매개로 아들에게 전해진다. 제레미는 가슴에 품었던 중요한 질문을 조심스럽게 건넨다. 잠시 머뭇거리던 에멜린은 아덴(Aden)행 노예선에서 도망쳤던 톱시가 펠셍에게 맡겨졌고 알마 저택에 머물며 인근 숲속에서 비둘기를 즐겨 사냥했던 추억을 들려준다. 이어 과거 백 명이 넘는 아프리카 노예들이 이곳에 머물렀고, 공장 근처에 그들의 캠프를 설치했었다고 그녀는 쓸쓸하게 회상한다. 하지만 지금은 그 명패만 덩그러니 남았고 그 빈 터에는 사람들이 '크레올 피라미드'라 부르는 벽처럼 쌓아 올린 검은 바위들이 있는데, 이것이 대농장의 희생자를 기리는 기념비 같다고 말한다(108-109). 과거 노예들의 한 맺힌 영혼들을 여전히 감지하는 94세의 에멜린은 시빌(家)의 마지막 후손으로 혼자 섬에 남아 해외로 가버린 가족들의 안부를 걱정한다.

대농장을 운영하며 노예들을 부렸다는 200년 전 펠셍(家)의 과오를 고백하며 백인 식민지 개척자 가문의 후예로 죄책감을 느끼고 후회의 눈물을 흘리는 주인공 제레미의 모습을 통해 작가는 모리셔스 공동체의 트라우마 기억을 소환한 것이다. 마치 충족되지 못한 욕망에서 벗어나지 못하는 회복 불가능한 환자의 증상처럼, 섬 공동체의 역사적 상처-노예제도와 식민지배라는 트라우마-의 아물지 않은 기억이 잠시 의식 아래로 가라앉았다가 또다시 의식 위로 회귀하는 것처럼 끊임없이 르 클레지오의 작품에서 재현된다. 식민화와 노예제를 신랄하게 비판해 온 작가가 『알마』에서 부끄러운 가족사를 증언하는 이유는 아마도 이 작품이 자신의 마지막 섬 문학이 될 것을 예감했기 때문은 아닐까? 이렇게 작가는 강제노역을 시행했던 조상의 부끄러운 과거를 이 소설에서 밝힘으로써 결과적으로 노예들의 희생을 기억하는 서사를 기록한 것이다. 지배자와 약탈자의 관점에서 기록된 공식역사에서 삭제되거나 생략된 사람들을 기억하고 그들의 희미한 흔적이라도 찾아 기념하려는 노력은 이 책의 서문에서도 잘 드러난다. 작가는 1814년 섬 거주자들의 명단을 통해 그 구성을 살피며 특히 노예 명부에는 출생과 사망 일자만 적혀있다고 지적하는 방식으로 이 무명인들의 영혼을 위로하는 상징적 추도를 대신 전한다.

위 거주자 명단은 역사적 기록에 충실하지만, 제레미의 선조 이야기가 100% 사실만을 가지고 구성되지는 않았다. 서류나 사진 또는 영상 기록 등 증명 가능한 자료를 바탕으로 역사적 진실만을 추구하는 직업윤리를 가지는 역사가들과는 달리 『알마』는 엄연히 문학 장르인 소설로 분류되고 허구적 요소인 창작을 기반으로 한다. 이렇게 사실과 허구의 경계가 모호하다는 가계 서사의 장르적 특징

(Viart 2009:107-109)이 르 클레지오의 작품에서도 발견된다. 주로 실제 인물을 주인공으로 삼지만, 사생활을 존중하기에 실명 대신 가명을 사용하며, 역사적 조사, 기록 및 증언을 통해 얻은 포괄적인 지식을 기반으로 작가는 가정을 하고 가설들을 세우면서 작품을 구성한다. 이렇게 순수한 창조와 복원의 경계가 모호해지며, 바로 이 점이 가계 서사의 장르적 특징이 된다고 비아르는 지적한다.

　이 소설의 제목인 '알마'는 실제 지명도 선조의 실명도 아니며, 마찬가지로 펠셍 역시 가명이다. 실질적 과거 기록은 존재하지 않기에 모든 사실의 확인이 불가능한 상황에서 르 클레지오가 부계사의 재현을 위해 가계 서사를 창작해온 것은 아닐 것이다. 특히 동일 작가의 가계 서사임에도 『알마』와 그 전작 『혁명』에서 아버지 가문의 모리셔스 기억은 사뭇 다르게 기록되어 있음에 주목해보자. 우선 『알마』에서 1796년 섬에 도착한 '악셀'은 처음 구매한 펠셍(家)의 토지를 이탈리아 출신 아내의 이름 '알마'로 명했고, 1860년도부터 담배 대농장을 운영했다고 제레미는 기록한다. 반면 『혁명』에서 1798년 당시 '프랑스 섬(Isle de France)'이라고 불리던 모리셔스에 도착한 '장-외드'와 아내 '마리-안느'는 마로(家)의 농장을 이 세상 끝으로 그들을 데려온 배의 이름인 '로질리(Rozilis)'로 명한다. 이 새로운 출발을 기념하기 위한 신고서를 1825년 작성하고 공증을 받았으며, 140여 년 뒤 아버지의 고향을 방문한 후손 '장'은 이 서류를 찾아낸다. 장 외드 마로가 에벤느 숲 인근 토지를 구입하고 5가지 규약을 정한 뒤 1825년 4월 25일 서명한 문서에는 자율적인 노동의 원칙을 지키고 로질리의 수확을 모두에게 공평하게 배분하며 일부 수익은 이웃을 위한 기부로 사용할 것을 명시한다. 가문 명인 '르 클레지오'는 '울타리'라는 의미의 브르타뉴어에 그 기원을 두며, '장-마리-귀스타브'를 줄인 '장'을 이름으로 사용하는 작가는 『혁명』에서 결정체라는 이름의 일기를 적는 20세기 주인공-화자와 18세기 항해 일지를 적은 또 다른 화자를 모두 동일 이름 '장'으로 부른다. 또한 니스에 거주하던 장 마로가 알제리 전쟁의 징집을 피하려고 런던에서 학업을 이어가는 일화 등 자기반영적 요소를 배치하고, 공식역사에 기록된 혁명들-프랑스 대혁명, 멕시코 혁명, 68혁명-의 격동과 함께 전개된 이 백여 년에 걸친 가계 서사를 그려냈다.

　다른 백인 개척자 집안들과 거리를 둔 내륙 땅에 개척한 마로의 로질리는 자유와 평등 그리고 박애라는 프랑스혁명 정신을 구현한 유토피아로, 인간을 포함한 모든 동식물의 다양성을 존중하며 평화롭게 공존하는 생태-낙원(Eco-topia)을 만들었다고 장은 기록한다. 작가는 이 소설에서 자신의 작품 세계의 중요한 주제인 탈식민주의와 소수자 인권 존중 그리고 생태주의 등의 개인적 철학과 소망을 담아 자신의 부계 가문을 바탕으로 창작된 마로의 서사를 이상화하여 그려냈다. 『혁명』에서 르 클레지오는 부계 선조가 모리셔스 대농장에서 아프리카 출신 노예들에게 강제 노역을 시켰다는 과거를 밝히지 않았다. 다시 말해 작가는 가계 서사 『알마』에서 처음 공식적으로 자신의 부계 가족을 연상시키는 펠셍의 대농장에서 아프리카 대륙 출신 노예들을 부렸으며, 가족의 행복한 기억의 장소인 '알마'가 강제 노역자들의 무덤이라는 고백을 세상에 공표한 셈이다. 아마 역사적 진실에 더 가까운 과거의 가족 서사를 전수받지 못했던 후손 제레미가 자신의 무지에 대해 그리고 200여 년 전 기억에 관한 도덕적 죄책감을 통감하며 후회의 눈물을 흘리고, 희생자들에게 진솔한 사죄를 전하고 그들의 영혼을 추모하려는 노력을 보여준다는 전작과의 차이가 『알마』라는 가계 서사 의의라고 볼 수 있다.

결국 르 클레지오의 『알마』는 식민지 시절의 공식역사 기록의 단절을 대체하는 일종의 대안 역사로 모리셔스의 다양한 미시적 과거들을 담고 있다. 루셀-질레는 펠셍뿐만 아니라 톱시, 아쇼크, 아르테미시아 등 다수의 목소리가 더해지면서 모리셔스의 "리좀적 민족 허구"(Roussel-Gillet 2018:187)를 만들어내는 『알마』의 다중성을 강조한다. 섬의 역사보관소에서는 찾을 수 없는 모리셔스인들의 지난 세기 기억들, 즉 네덜란드-프랑스-영국으로 이어지는 식민지배와 마롱이라 불린 인도양 도주 노예들의 이야기들, 그리고 200여 년 전 모리셔스에서 번창했던 사탕수수 재배와 그 대농장에서의 강제노역, 대농장을 운영했던 펠셍과 이웃 백인 개척자들의 기록뿐만 아니라 아프리카 출신 노예들의 비극적 희생과 죽음 등을 전달한다. 작가는 이 소설에서 수많은 역사적 사건들과 그 일이 일어났던 시기와 지명 그리고 인물 등의 실체적 정보와 함께 모리셔스의 삭제된 기억들을 복원하려 노력한다. 예를 들어, 이 섬나라의 가장 어두운 역사-식민지배와 노예무역-를 증언하는 기억의 장소를 방문한 제레미는 근처에 거주 중인 나이를 짐작할 수 없는 잔 토비(Jeanne Tobie)를 만나 수 세기 동안 이어졌던 인도양 노예무역의 증언을 생생하게 듣게 된다. 프랑스 브르타뉴 생말로 출신 노예 무역상의 후손으로 '여자 해적(La Surcouve)'이라는 별명으로 불리는 그녀는 집 앞의 검은 바다를 보며

먼 조상의 범죄를 상기하면서 죄책감과 공포에 시달린다. 관광객에 겐 세상에서 가장 아름다운 파라다이스 해변으로 보이겠지만, 그녀에겐 아프리카와 마다가스카르에서 강제로 끌려온 노예들의 무덤으로 유령과 방황하는 영혼들로 가득한 심연이다.

작가는 『알마』에서 과거 식민지 시대의 역사뿐만 아니라 현재 모리셔스 사회의 경제적 시대변화에 대해서도 상술하고 있는데, 대부분의 사탕수수 재배 농장들은 이미 파괴되었고 생산 공장은 곧 폐업할 것이며 그곳에서 일하던 쿨리(하급 노무자)들은 이제 관광개발지로 이주해야 한다. 섬에는 여행자를 위한 대형 유흥시설과 숙박시설이 지어질 예정이며, 그 환락의 장소에서는 크리스탈처럼 자신의 젊음과 매력을 외국인들에게 매매하는 계층이 늘어날 것이다. 이렇게 관광 홍보 포스터 속 휴양지 섬이라는 신화의 그늘에 감춰진 경제 양극화의 차가운 현실 역시 이 소설에 자세히 그려져 있다.

그리고 『알마』에서 가장 중요하게 다뤄진 여성 인물 아디티(Aditi)는 인도계 모리셔스인으로 다인종 출신 섬사람들의 복합적인 민족 정체성에 관한 작가의 성찰을 반영한다. 아디티는 고유한 민족문화 정체성에 관한 소신, 즉 고대인도 전통과 융합한 모리셔스 문화를 전승하기를 원한다. 산스크리트어와 크레올어를 모두 구사하는 그녀는 자신이 추구하는 복합적이고 독특한 섬 문화 정체성을 고수하는 주체적인 신세대 모리셔스 여성이다. 그뿐만 아니라 영어와 프랑스어까지 모두 섭렵하여 제레미와 같은 외국인들에게 섬의 생태-위기를 적극적으로 알리고 숲의 종-다양성을 지키고자 노력하는 환경운동가이다. 아디티는 다양한 국적의 관광객들에게 숲을 안내하며 섬의 생태 유산을 지키기 위한 환경보호 동참을 적극적으로 독려한다.

개인적이고 가족적인 기억들을 제대로 계승하지 못해 생겼던 결핍을 채우기 위해 섬을 방문했던 제레미는 에멜린과 잔 그리고 크리스탈과 아디티 등을 만나면서 모리셔스의 과거와 현재 그리고 미래에 대해 새로운 서사를 구성하게 된다. 식민지화와 노예제로 인해 희생당한 아프리카인들의 비극적 역사가 알마에도 새겨져 있으며 펠셍 후손인 자신도 반성하고 속죄를 구하는 윤리적 책임을 갖는다는 깨닫게 된 화자는 자신의 가계 기원 탐구 여정을 순례라고 부르며 부계의 은폐된 과거를 솔직하게 기록한다.

제레미의 다음 고백은 작가의 자문으로도 읽을 수 있으며, 더불어 자신의 기원에 대해 진정한 불확실성을 품는 우리 시대를 돌아보게 한다.

모든 이야기에는 아직 미완성인 부분이 있고, 내가 재구성하고 싶었던 이야기도 이 규칙을 위반하지 않는다. (...) 나는 끊어진 이야기의 조각들을 다시 붙이고 싶었다. 이제는 '멸종된 도도(새)'처럼 소멸된 이 섬에 살았던 펠셍 가문의 이야기를. 아마도 자만심에서 출발한 것일까, 사라지는 한 부족에 소속되고픈 이 감정은, 다른 시대와 문화의 약하고 흔들리는 신호이자 증인이 되고 싶어서일까? Il y a toujours une part inachevée dans toute histoire, et celle que j'ai voulu reconstruire ne déroge pas à cette règle. (...) J'ai voulu recoller les morceaux d'une histoire brisée, celle des Felsen de l'île, à présent aussi éteints que l'oiseau lui-même, *dead as a dodo*. Peut-être était-ce de la vanité, ce sentiment d'appartenir à une tribu en train de disparaître, d'être le témoin, le signal faible et vacillant d'une autre ère, d'une autre culture (...) ? (334-335)

　화자는 풍요로웠던 고향 땅이 노역자들의 무덤이기도 했다는 대
농장의 숨겨진 과거 외에도 '가족의 비밀'을 하나 더 밝혀낸다. 이렇
게 부모의 약점이나 실수 그리고 잘못된 행동을 드러내는 이야기는
우리에게 불효처럼 여겨져 불편함을 주기도 하며, 이 또한 가계 서
사의 특징이라고 비아르(2009:106)는 지적한다. 그의 아버지를 포함한
부계 친척들이 숨겨왔던 백인 개척자 부르주아 가문의 속물주의적
이고 인종차별적 면모는 바로 변절자라는 낙인을 찍어 가족의 일원
을 섬의 주류사회 밖으로 쫓아낸 사례로 기록된다. 파리 유학 중 레
위니옹 출신 유색인 여성 가수와 결혼했다는 이유로 판사직까지 파
면당하고 펠셍(家)으로부터 철저하게 외면받은 앙투완은 모잠비크
원주민출신 여성과 아이를 가졌다는 이유로 섬을 떠나야 했던 그의
아버지에 이어 제 아들 도미닉에게까지 순수한 혈통을 더럽힌 혼혈
변절자라는 '원죄'를 물려주어 가문 전체로부터 배척당하는 가혹한
운명에 놓이게 한다. 제레미의 아버지는 자신의 먼 사촌인 앙투완과
조카 도미닉을 무능력한 게으름뱅이라고 경멸조로 불렀고, 부끄러
운 그들과는 일절 교류가 없었다.

2. 도미닉의 종교적 순례

　『알마』의 또 다른 주인공 화자는 도미닉이며 모리셔스에 거주했

던 펠셍(家)의 마지막 일원이다. 혼혈이라는 이유로 가문으로부터 추방당한 후 자신을 키워주었던 아프리카인 유모와 부모님까지 차례로 세상을 떠나자 홀로 남겨진 그는 이유 모를 나병까지 걸려 얼굴이 심하게 망가지고 이러한 기형으로 주위의 경멸과 조롱의 표적이 된다. 피아니스트를 꿈꾸던 화자는 모두의 무관심 속에서 거리의 부랑자로 전락하며 가족 묘지를 배회하는 신세가 된다. 건달들의 횡포로 이 묘지에서도 추방되자 그는 어쩔 수 없이 섬을 떠난다.

파리에 도착한 도미닉은 200년 전 부계 선조들이 거주했던 프랑스에서 '모든 부랑자의 사자(ambassadeur de la cloche)'이자 '존경받는 걸인(The admirable hobo)'(163)이라는 상징적 존재로 변모한다. 자신의 일그러진 얼굴을 두려워하지 않는 사람을 처음 만나게 된 그는 순수한 놀람과 더불어 차별과 편견 없는 환대가 주는 깊은 감동을 체험한다. 나병 환자인 자신을 힘껏 껴안고 입을 맞추며 진심을 담아 환영의 인사를 건네며 낯선 그를 기다려왔다고 말하는 할아버지는 방주 집단을 이끄는 지도자이며, 이 공동체 사람들은 인종이나 국적 등으로 이방인들을 차별하지 않고 낯선 여행자들을 따뜻하게 환대한다. 다라위-스테판(Dărău-Ştefan 2019:1328-1339)은 주인공 도미닉이 아가페적 사랑을 찾는 여정을 수행한다고 분석하고 이 소설에서 성서에 나오는 자비의 신체적 행위-배고픈 자에게 먹을 것을 주기, 목마른 자에게 물을 주기, 벌거벗은 자에게 옷을 입히기, 노숙자를 보호하기, 병자를 방문하기, 갇힌 자/포로를 속량하기, 죽은 자를 묻어 주기-들이 구현됨을 강조한다. 이러한 순수한 환대(Derrida 1999:113)는 무제한의 무조건적 환대이며 기꺼이 자신들의 먹을 것을 나누고 같이 잠

잘 곳을 공유하는 인류애의 나눔이다. 이러한 종교 공동체에서 자신과 같은 방랑자들을 형제, 자매로 포용하는 자비라는 놀라운 경험을 하게 되고, 이들이 실천하는 환대에 감응한 도미닉은 새로운 삶의 목표를 발견한다. 향수병에 시달리는 자신을 고국으로부터의 추방된 유배인으로 그리고 정신적 불안과 결핍으로 고통받는 희생자로 여겼던 그는 타인에게 사랑을 베풀 줄 아는 성숙한 사람으로 점차 변해간다.

이렇게 절망에 빠진 이방인-여행자 도미닉을 구원한 공동체의 박애와 자비는 작가가 오랫동안 지지해온 이민자들의 인권 옹호와 연결된다. 비극적 역사 속 침묵을 강요당했던 희생자들의 기억을 새롭게 기록하는 작품들의 창작을 통해 르 클레지오는 특히 경제적 약소국 출신 이주민들의 인권 문제에 대한 각성을 촉구하고 그 공론화의 필요성을 상기한다. 민족주의와 자국 우선주의가 확대되는 '지구촌'의 냉혹한 현실에서 점점 더 철저하게 외면당하는 이주자들의 생존권과 그들의 열악한 처우를 개선할 실질적 방법으로 인류애 실천의 복원이 필요하다는 작가의 주장을 읽을 수 있다. 세계 각지에서 폭발적으로 증가하고 있는 이민자와 외국인들을 향한 혐오와 폭력적 차별 현상에 대해 주목해온 르 클레지오는 "빈국에서 이주하는 과정에서 벌어지는 비극은 우리에게 책임을 요구한다. 이 책임은 막연한 철학적 개념이 아니라 현실(문제)이다."(Bluteau le 5 Oct. 2017)라고 말한다. 인도주의적 정신과 박애의 무조건적 실천을 강조하는 작가의 주장은 레비나스의 타인을 책임지는 자비와 공명한다. "타인을 만나는 것은 곧바로 그에 대한 나의 책임을 만든다. 타인을 책임짐은 이웃을 사랑한다는 의미로, 에로스 없는 사랑이자, 자비이며, 윤리적 순간이 절정의 순간을 지배하는 사랑으로 사욕 없는 사랑에 해당한다."(Levinas 1991:252) 이러한 레비나스와 르 클레지오의 주장은 보편윤리에 해당하는 인권 존중이며 혐오의 시대를 살아가는 현 인류가 회복해야 할 인간애의 덕목이다.

『알마』에서 도미닉은 마치 구도하는 성인처럼 거의 아무것도 소유하지 않은 채 걷는 동안 몸과 마음을 정화하려 노력한다. 그는 길에서 조우하는 여행자들과 열린 태도로 교류하게 되고 여정 내내 자신과 동행하는 베시르(Béchir)를 진심으로 돌보면서 과거와는 다른 정체성을 구축하게 된다. 파리부터 시작된 여정은 자신의 내적 탐구와 더불어 특별한 종교적 목적을 가진 순례로 발전하며, 모든 물질적 소유와 정신적 집착에 얽매인 족쇄에서 풀려난 이 방랑자는 신의 빛에 의해 인도된 순례자가 된다. 그는 원망과 증오의 과거를 자신으로부터 분리하고 개인적 관심에서 벗어나 진정 깊고 순수한 인간애를 실천하는 더 나은 사람으로 변모한다.

도미닉은 연이은 부모님의 죽음과 나병으로 인한 아픔과 좌절로 상처받고 흔들렸으며 추락한 사회적 지위와 불안정한 생활로 인해 극심한 불안에 시달린 나머지, 자신을 '도미닉 펠셍'으로 명명하다가 아니라고 부정하고, 별명인 '도도'라고 지칭했다가 번복하고, 스스로 부랑자임을 인정하다가 또다시 거부하거나, 때때로 괴물이나 도마뱀으로 부르며 자책하다가 부모님의 자랑스러운 아들이라고 변명하는 등 자기 수용의 어려움을 반복해 토로해왔다. 하지만 과거 가족 묘지에서 망자들의 이름을 부르며 삶의 의미를 찾지 못하던 부랑자의 삶을 뒤로하고 프랑스 순례 중 자비와 환대를 경험한 뒤 새로운 깨달음을 얻게 된 도미닉은 신의 빛을 찾아 구도의 길을 밟으면서 진정한 순례자로 거듭난다.

이 소설에서 도미닉은 자신이 똑같은 하루가 영원히 계속되는 시간 속에서 살고 있다고 믿는다. 나병으로 눈꺼풀이 없어진 그는 자신이 눈을 감고 잠을 잘 수 없어서 밤새 어제와 같은 하루를 지켜보기에 내일이 오지 않고 혼자만 시간의 흐름을 느끼지 못한다고 말한다. 이렇게 독특한 시간 감각을 지닌 화자는 자신의 이야기를 말로 전하면서 특이한 시제 사용을 보여준다. 일인칭 단수 주어와 동사를 현재 시제로만 활용하는 그의 대화체는 프랑스어 직설법 현재 시제의 의미적 비움에 다양한 시간적 가치(Riegel *et al.* 1997:298-299)를 부여할 수 있기에 시공간을 초월하는 효과를 파생한다. 판사였던 아버지와 가수였던 어머니와의 유년 시절 추억을 이야기하다 돌연 부랑자가 된 현재 자신에 대해 말하고, 모리셔스에서 일어났던 사건과 프랑스에서 일어날 앞일을 구분하지 않고 모두 현재 시제를 사용하여 전달하는 도미닉은 마치 시간적 제약을 받지 않으며 공간적 한계를 거스르는 현실과 상상의 경계를 초월하는 신비스러운 또는 성스러운 인물처럼 그려진다.

종교적 깨달음을 얻음으로써 기나긴 방황의 굴레로부터 풀려난 이 순례자는 자신이 영면할 수 있는 장소를 구함으로써 자기 인생의 처음이자 마지막 여정을 완성한다. 도미닉(Dominique)은 라틴어 도미누스(Dominus)에서 유래했고 기독교에선 신에게 헌신하는 순례자라는 상징적 의미로 해석된다. 니스의 정신병원에서 자신의 여생을 보내다가 존엄한 죽음을 맞는 것이 도미닉이 선택한 궁극의 평화이다.

섬의 가족 묘지는 펠셍 가문으로부터 추방된 자신 같은 괴물에게는 허락되지 않는 성역이기에 그는 자신이 죽을 수 있는 장소, 즉 자신을 묻어 줄 자비로운 사람들이 있는 곳을 찾아다닌 것이다. '호스피스'라는 단어의 기원처럼 사회로부터 배척받은 자들을 자비로 감싸는 장소인 이 하얀 집에 방랑자이자 정신병자인 자신이 잘 어울린다고 자문자답한다. 밤하늘의 별들을 지켜보다가 곧 다가올 자기 죽음을 예감했던 도미닉은 섬과 펠셍(家)에 대해 아무도 모르는 보호소에서 자신의 머리 안쪽을 향해 눈을 뜬 채 태양 빛 아래서 머물다가, 어느 날 자신의 영혼이 머릿속 구멍을 통해 별이 떠 있는 하늘로 떠나리라mon âme va partir par un trou dans ma tête, pour aller au ciel où sont les étoiles (328) 예언한다. 티보는 도미닉의 예언을 실명(失明)의 이미지와 신들림의 과정으로 해석하고 『조서』의 아담이 정신병원에 수용되는 결말과 『알마』에서 도미닉이 하얀 집에 머무는 마지막 행보가 유사하다는 점을 지적한다(Thibault 2020:59-68).

어쩌면 니스에서 평화롭게 생을 마감한 도미닉, 일명 도도의 영혼이 별이 되어 후손인 제레미와 재회했는지도 모른다. 모리셔스 섬에서의 마지막 밤, 새들의 영혼들이 별이 되어 빛난다는 신화적 세상을 상상하며 밤하늘을 관찰하던 제레미는 남쪽 하늘 별자리 무리 중 도도(새)를 연상시키는 별을 발견한다. 두루미, 비둘기, 극락조, 까마귀, 공작, 히드라, 큰부리새 등의 새들의 이름으로 불리는 별자리들 인근에 도도를 닮은 별빛을 발견한 제레미는 자신의 상상 속에만 존재하던 멸종된 새와 같은 이름으로 불렸던 프랑스에서 실종되었다고 소문난 먼 친척 도미닉(펠셍)의 명복을 비는 시간을 갖는다(318).

이 두 명의 펠셍(家)이 모리셔스의 밤하늘에서 상상으로(만) 조우한 것은 아니다. 『알마』의 마지막 장에 시공간적 거리를 두고 각자 이동하던 이 두 인물의 어긋난 만남이 묘사된다(336-337). 20여 년 전 니스에 살던 알렉시스 큰아버지에게 병문안을 가던 길에 거리에 쓰러진 한 짙은 피부색의 이방인을 도와주었던 일화를 불현듯 떠올린 제레미는 바로 그때 만났던 흉터로 일그러진 얼굴로 비틀대며 낯선 외국어를 중얼거리던 부랑자 노인이 도미닉이었다는 사실을 뒤늦게 깨닫게 된다. 이 빗나간 찰나의 만남은 서로를 전혀 모르던 두 친척을 이어주는 계기로 작동한다. 바로 이날 큰아버지로부터 흑인 노예 톱시의 이야기를 처음 듣게 된 제레미는 '벽장 속의 유령(fantôme dans le placard)'(125) 같이 베일에 싸인 인물(도미닉 펠셍)을 부르던 '도도(Dodo)'라는 명칭을 특별히 마음에 새긴다. 수십 년의 세월이 흐른 뒤 멸종된 도도(새)의 위석을 들고 또 다른 도도인 도미닉(펠셍)을 찾기 위해 섬으로 찾아온 제레미는 알마의 기억을 복원하는 기록을 남기게 된다. 제레미(Jérémie)는 경제 양극화와 관광 난개발로 황폐해진 섬의 현대 사회상을 지적한 뒤 이곳을 떠나는데, 유대인들에게 스스로 잘못된 태도를 고치지 않으면 파멸하리라는 신의 예언을 전한 결과 추방당한 선지자 예레미야(Jeremiah)의 이름과 사명이 유사하다.

3. 인류세와 다방향 생태기억

르 클레지오는 모리셔스의 삭제된 식민지 역사만을 복원하려 노력한 것이 아니라, 도도(새)라는 생명체가 인간의 실수(anthropogenic)로 지구에서 완전히 사라졌던 것처럼 지금도 동식물종의 다양성이 파괴되는 섬의 절박한 생태 위기에 대한 우려를 『알마』에서 표명한다. 인류세의 심각한 지구 환경오염은 생명체의 종을 가리지 않고 생태계 전체를 불안정한 생존으로 몰아가고 있다. 멸종의 위협은 도도(새) 같은 희귀종에만 일어나는 사건이 아니며 이러한 생태학적 위협은 일부 섬나라들만의 문제가 아니라는 주장을 부각한 이 소설에서 르 클레지오는 도미닉과 도도(새)의 경계를 모호하게 흐리면서 섬에서 멸종된 조류와 펠셍의 역사를 병치하며 비교하게 만든다.

'도도'라는 명칭은 본질적으로 이종성을 가지며, 도미닉은 인간과 새 사이의 경계에 위치한다. 이 때문에 제레미는 도미닉과 도도(새)의 기억과 흔적을 함께 탐구한다. 또한 도도(새)를 이미 섬에서 사라져 화석화된 멸종의 상징으로 조사하거나 때로는 위석을 근거로 아직 숲속 어딘가에 생존할 가능성이 있는 생명체로 찾아 나선다. 인적이 드문 깊은 숲속으로 들어가서 과거 사람이 살지 않았던 이 공간을 배회했을 도도(새)를 상상하다가 제레미는 특이한 역사적 기록을 하나 떠올린다. 이 섬을 처음 탐험했던 네덜란드인들의 17세기 기록에만 남아있는 도도(새)라는 존재는 애초에 인간과의 연결고리 없이는 쉽게 상상할 수 없는 생명체이고, 이 조류를 기록한 인간의 서류와 이야기들 속에만 존재하며 현대인 중 그 누구도 실체를 본 적 없는 일종의 상상 속 동물이라는 것이다. 그 결과 도도(새)를 떠올리기 위해 같은 시기 섬에 도착한 마롱(들)을 더불어 연상하게 된 제레미는 바로 이 도망 노예들이야말로 이 섬의 실질적 최초 거주자였다(83)는 주장을 펼친다. 적어도 이 프랑스인의 관점에서 도도(새)와 마롱들의 공존은 역사적 사실에 근거한다. 마롱marron(s)(밤색 또는 짙은 갈색 피부를 가진 사람)이란 용어는 식민지 시대에 도주한 노예를 부르던 명칭이며, 모리셔스에서는 특히 17세기부터 인도양을 건너와 남서쪽 모른 산으로 도피했던 아프리카 출신 도망 노예들을 지칭하는 용어로 사용한다.

네덜란드인들이 떠나고 18세기 프랑스인들이 도착하기 전까지 5-20년가량 마롱은 도도(새)의 서식지에서 생활했으며, 이 시기 정확한 역사적 사료는 존재하지 않기에 작가는 모리셔스의 생태-기억을 새롭게 서술한다. 다시 말해 섬으로 새롭게 찾아오는 프랑스인들과 마주치기를 피하고자 산림지대에 은둔하며 생활하던 도망자들이 주위 동물(들)과 하나의 통합된 생태공동체를 이루며 생존했다는 종-초월적 관점의 역사 기록이 르 클레지오에 의해 새롭게 그려진다. 이렇게 마롱의 과거는 도도(새)의 자취를 찾는 데 도움이 되며, 역으로 멸종된 새의 이야기는 도주 노예의 감춰진 역사의 일부를 밝혀준다.

인간과 새의 기억을 통합하는 생태-역사를 서사화한 『알마』에서 지구 생명체에 대한 종-차별주의적 편견을 극복하려는 작가의 의도를 읽을 수 있다. 모리셔스 특유의 문화적 기억을 인간뿐만 아니라 모든 생명체로부터 동등하게 수렴하는 작가의 관점은 생태주의적이며, 이 소설은 인간-중심적 사고를 확장하여 생명-중심적 시각을 구현한 소설이다. 즉 노예들의 대량학살을 도도(새)의 멸종과 분리해서 다루지 않고 살인과 절멸의 과거를 연결하는 다방향 기억의 프레임을 통해 식민지 시대 섬에 거주하던 모든 생명체의 역사를 총체적 생태-기억 서사로 구현한 것이다. 미국 역사학자 로스버그(Rothberg 2011:523-548)는 현대 초문화적 기억에 관한 새로운 설명 방법으로서 '다방향 기억'을 제안하며, 공동체의 기억은 제로섬 게임이 아니라고 주장한다. 그는 경쟁적인 기억의 개념에 대한 대안으로 홀로코스트의 기억과 노예제도와 같은 다른 잔혹 행위의 기억을 다방향 틀 안에 접목할 것을 역설한다. 노예제도, 홀로코스트, 식민주의와 같은 가시적 역사에 대한 집단적 기억은 서로 쉽게 분리되지 않음을 지적하고, 사회적으로 소외된 집단들이 서로 다른 기억을 함께 인정받고 저마다의 역사적 정의를 쟁취하는데 다방향 기억의 공공적 표현이 도움이 된다고 설명한다(위의 글 523-524). 이렇게 인간과 일반 동물을 구분하는 대신 모든 생명체의 피해와 고통 그리고 취약성의 역사를 다자간 기억의 확장된 틀 속에서 연결하는 접근법을 '다방향 생태-기억'으로 부른다. 케네디(Kennedy 2017:268-277)는 19세기 식민지 시대 호주 원주민의 피해 역사와 영국 식민지 개척자들의 고래 사냥을 서사화한 스콧의 소설을 다방향 생태-기억 틀로 분석한다.

소멸 시대와 관련된 생태-기억의 관점에서 다방향 기억을 새롭게 정의한 이 방법론을 통해 『알마』를 재해석해보자. 즉 서식지(habitat)를 공유하는 인간과 도도(새)가 밀접하게 연결된 '다방향 생태-기억'이라는 인식을 기반으로 이 소설을 분석해 보면, 생존을 위협받는 불안정한 운명에 처한 인간과 동물의 상호 중첩된 상황을 서사화한 종-초월적 프레임이 드러난다. 대륙 출신 침입자들에 의한 포획과 학살로 생존 위기를 겪었다는 유사한 과거를 통해 도도(새)의 절종과 인도양 노예제의 참극을 비교하면서 공동체(섬사람들)의 인류-기억과 공동거주지(섬)의 생태-기억을 분리하지 않는 서사화는 인간의 권리와 동물의 권리를 차별하지 않는다는 저자의 의도를 반영한다. 특히 모른산에 숨어 있던 노예들이 공생하던 도도(새)와 동일화하는 과정-야생동물의 소리를 흉내 내는 마롱과 인간들을 본떠 두 다리로 걷기 시작하는 도도(새)-의 묘사는 생태-윤리적 함의를 가진다. 곧 생명의 가치를 동등하게 다루는 생태학적 관점에서 도도(새)의 생존이 인간의 존명보다 부차적이지 않다고 주장하는 작가의 의중이 드러난다.

작가는 모리셔스에 거주하는 인간과 새, 더 나아가 모든 동식물을 섬의 역사로 재건하려 노력하지만, 인류세의 지구 생명체는 '도도(새)처럼 사라질(*dead as a dodo*)' 운명이다. 아드히카리는 『알마』에서 아디티를 비롯한 모든 모리셔스 후손의 미래가 종말을 향한다고 해석한다(Adhikari 2020:314-321). 인위개변(人爲改變)에 의한 도도(새) 멸종을 환기하는 이 영어 표현은 환경위기로 인해 생존권을 위협받고 있는 우리 지구의 현실을 직시하라는 경고로 읽힌다. 제레미의 상상 속에서 마롱들이 각자의 모국어로 기도하듯 중얼거리는 말이 도도(새)의 노랫소리와 공명한다. 하지만 멸종한 새들의 노랫소리를 더는 들을 수 없는 것처럼 노예들의 구어들도 그들의 문화적 기억과 함께 이 섬에서 사라졌다는 사실을 동시에 명시한다.

모리셔스 산림이 상당히 파괴되었음-18세기 말까지 9할을 차지하던 산림지대가 19세기 중후반에 이르면 고지대 산림만 남았으며 현재는 섬의 숲이 거의 사라졌음-에도 희망을 잃지 않고 더 이상의 생태파괴와 미래의 멸종을 막기 위해 세계인들이 연대하여 행동해야 한다고 주장하는 아디티는 할아버지 아쇼크가 발견한 숲속 호수로 제레미를 안내한다. '세상의 중심'이라고 부르는 시원의 자연을 간직한 이 비밀스러운 장소에서 인류의 역사를 초월하는 신화적 세계, 즉 숲의 수호신 같은 신성한 존재를 감지하게 된 그는 이 환경을 지켜내려는 그녀의 진심에 동화된다. "멸종의 위험을 당한 어떤 종을 마주할 때 생기는 이상한 감정C'est bizarre l'impression qu'on a devant une espèce en danger d'extinction"(136)이 환경-책임의식이며 현대적 삶의 약탈적 자연파괴에 맞서 섬 생태계를 구하기 위한 노력이 시급하다는 깨달음이다. 이 숲에는 다른 지역에서는 이미 멸종한 도도(새)의 나무라 불리는 탐발라코크(tambalacoque) 그리고 분홍 비둘기(Pink pidgeon)가 생존하고 있으며, 이 두 희귀종은 우리 동시대에도 자연을 보호해야 하는 필요성을 증명하는 살아 있는 상징으로 소개된다. 니에리포위츠(Nielipowicz 2019:39-52)는 『알마』가 산문으로 된 모리셔스의 고고학적 이야기이며, 작가가 이 소설에서 식민지화 때문에 사라진 존재들의 목소리를 들려준다고 분석한다. 이렇게 르 클레지오는 모든 생명체에게 동등한 존재론적 지위를 부여하면서 섬이라는 공동서식지를 보호하기 위해서라도 더 이상의 생태파괴는 막아야 한다는 환경-책임(의식)을 강조한다.

제레미는 도미닉의 기억을 '도도'(새)와 함께 기록하는 것으로 펠셍(家)의 서사가 충분하다는 깨달음을 얻고 아버지로부터 물려받은 유일한 유산인 위석을 공공기관에 기증함으로써 마음의 평화를 찾는다. 라퓌스 퀴퀼라튀스(Raphus cucullatus) 위석은 인간의 실수로 멸종된 생명체라는 상징적 의미를 새기며 인류의 공식적 역사로 프랑스 박물관에 기록될 것이다. 모리셔스의 다방향 생태-기억을 기록한

이 서사는 (지구) 생명체(들)의 보편적 생명-존중이라는 윤리적 당위성을 조명하며, 인류의 생존권을 계속 보장하기 위해서라도 필수적인 환경적 고통과 해악을 치유할 생태복원의 책임을 부각한다.

4. 결론

르 클레지오는 노벨문학상 수상 연설(2008)에서 소위 제3세계 약소국이라 불리는 모국 모리셔스에 사는 이름 없는 평범한 사람들의 무시된 목소리도 생생하게 담을 수 있는 수단으로 세계문학이 가지는 의의를 강조하면서 이러한 문화다원주의를 진흥함으로써 소멸위험에 처한 소수 언어와 그 문화유산을 지킬 수 있다고 설파한 바 있다. 과거 식민지 개척 시대의 '문명화 사업'이라는 위선적 명분에 이어 '세계화'라는 허울 하에 현대에도 여전히 계속되는 일부 소수 강국 언어와 문화의 획일화 현상을 비판하고 경제 양극화로 심화한 불평등에 대해 경종을 울린 연설에서 작가는 기아와 문맹에 대한 투쟁은 서로 밀접하게 연결되어 있으며 상호의존적이기에 인류의 미래를 지닌 세계 아이들이 성별이나 인종과 국적 또는 그들의 언어나 종교 때문에 더는 희생되지 않도록 세계인들의 자각과 적극적 참여를 촉구했다.

이렇게 세계문학의 발전을 통해 문화 다양성을 진흥하고 '문명의 충돌'이라는 왜곡된 시선을 거부하고 세계 문화들의 창조적 융합과 평화적 공존을 지지해온 르 클레지오는 2017년 출판한 소설 『알마』

를 통해 세계 독자들에게 잘 알려지지 않은 모리셔스의 비극적 역사와 소외된 섬사람들의 억압된 목소리를 전한다. 수 세기 동안 아프리카 대륙에서 서구열강에 의해 자행된 반인도적 범죄 행위들과 대농장에서 행해졌던 강제노역의 희생자들을 기억하며 후회와 사죄의 눈물을 흘리는 작중인물들의 증언과 고백을 통해 삭제되었던 모리셔스의 공식역사를 복원한다. 이렇게 섬 고유의 문화와 역사를 심도 있게 조명하는 작품을 꾸준히 변주해온 작가는 이 소설에서도 희생자들에 대한 경건한 추모와 정당한 보상을 마련하는 노력이 필요함을 거듭 설파한다.

『알마』의 주인공 제레미는 부계 가족사 탐구 여정을 통해 그리고 도미닉은 프랑스로의 이주 여정을 통해 각자 인생의 깨달음을 얻고 성숙한 자아정체성을 재확립한다. 처음에는 단순한 이동 여정으로 시작했으나 점차 특정 목적을 이루기 위한 순례로 변화하면서 각자 자신의 인생 과업을 이루는 과정이 화자들의 이중적 서사가 교차하는 구성으로 전개된다. 작가는 종교적 자비를 깨닫는 도미닉 펠셍-일명 '도도'-의 순례 여정을 통해 외국인 혐오와 인종차별적 증오 범죄가 범람하는 오늘날 인류애 회복의 중요성에 대해 강조하며 이민자들의 인권 존중의 절실함을 상기한다. 식민지 역사와 노예제도라는 인류 보편적 비극의 역사를 기억하고, 이민자 또는 이주자들의 인권 존중 문제들에 대해 세계 독자들이 공감하고 소통할 수 있는 공론화의 장을 마련해주는 르 클레지오의 『알마』는 공동체 결합이라는 문학적 의의를 가진다. 비아르는 개인의 또는 공동체의 이야기 안에 자신을 위치시키고 우리가 어디서 왔는지 우리의 유산은 무엇인지를 알게 하고 서로 관계를 형성할 수 있도록 허락하는 문학적 대답이 가계 서사이며, 상속자 부재의 시대에 이러한 가계 서사를 통해 공동체의 소외된 후예들이 결합할 수 있다고 주장한다(Viart 2009:112).

또한 르 클레지오는 『알마』에서 모리셔스의 고유한 역사 기록이자 인류의 보편적 기억 유산 중 하나인 도도(새)의 멸종과 노예들의 학살을 연결하여 다원적 생태-기억으로 복원함으로써 섬사람을 포함한 세계인들의 생존권을 지키기 위해서라도 필수적인 환경-책임 의식을 고취하기를 호소한다. 관광 홍보 포스터 속 파라다이스 휴양지 크레올 섬이라는 상상 속 신화와는 동떨어진 섬사람들의 실제 생활상-세계화 광풍 이후 경제 양극화와 사회적 갈등이 심화했으며 전통적 가치의 손상과 더불어 심각한 자연 파괴를 가져옴-을 부각하면서 개발중심의 환경 파괴적 관광업을 비판하고 이러한 착취적 산업 개발을 대체할 지속가능한 윤리적 관광이 필요하다는 주장이다. 인류세를 살아가는 우리가 이 시기에 마주하는 문화적 답변이 바로 『알마』와 같은 다방향 생태-기억들의 환기를 통한 환경-책임 윤리의식의 개선과 행동 참여 독려이다. 기후변화의 심각성을 경고하는 다양한 예술 작품들이 늘고 있다는 사실이 현재 우리가 처한 현실적인 생존의 위협을 증명한다. 이러한 관점에서 우리 모두에게 환경-책임감이 요구되며, 얽히고설킨 지구의 생태역사를 기억하면 오늘날 동식물과 인간의 고통, 그리고 멸종과 대량학살 사이의 연관성이 더욱 선명하게 보일 것이며, 현재 그리고 미래의 지구 생태계와 모든 생명체의 생존권까지 지켜내려는 인류의 윤리적 결심이 시급하며 더불어 생태운동 동참이 중요하다.

이주와 성장의
여성서사

———

『황금물고기』의 네그리튀드와
젠더정체성

서구 현대 물질문명의 지배적 구조의 폐해와 식민주의 역사를 냉철하게 비판하는 르 클레지오는 새로운 문명을 탐색하는 트랜스내셔널 이주 여정을 통해 자아정체성을 수립하는 소녀의 성장 소설인 『황금물고기*Poisson d'or*』(1997)에서 네그리튀드와 젠더정체성을 조명한다. "주인공의 정신적 성장의 내력 이야기이자 문명비판서"(이보영 외 1999:15)인 성장 소설에는 르 클레지오의 통찰적 시대정신, 획일적 세계화에 대한 비판, 이주민의 인권 존중, 생태주의, 문화 다원주의 신념이 담겨있다. 작가 스스로 경험한 국제적 이주를 통해 특정 국가나 문화를 초월하여 인간의 근원을 찾는 노정을 창작해온 르 클레지오는 유럽의 인간 중심적 이성주의가 자연을 지배와 종속의 대상으로 약탈적 개발을 수행하여 지구 생태계를 위협하는 생명의 위기 상황을 초래했다고 강조한다. 작가의 자기 반영적 모리셔스 가계의 이주 서사처럼 탈국경적 이주 문제를 부각하는 디아스포라 문학의 연장선이지만, 주인공의 주체성 및 젠더정체성의 구축이 주요한 여성 서사라는 특징을 가진다.

첫 작품부터 작가 자신과 부계(父系)를 투영한 남성 주인공 서사에 집중한 르 클레지오는 『사막Désert』(1980)부터 여성을 이주의 주체로[1] 설정한 서사로 확장한다. 프랑스 한림원의 폴-모랑 상을 작가에게 선사한 이 작품의 주인공 랄라(Lalla)는 『황금물고기』의 주인공 라일라(Laila)와 같은 사하라 유목민 조상-마 엘 아이닌 족장-을 가진 모로코 여성으로 탈국경적 이주 여정 끝에 고향인 사막으로 귀환하는데 르 클레지오는 이주민에 대한 차별과 혐오의 강화 및 인권침해 문제와 함께 도시 빈민 문제 그리고 현대인의 소외 현상을 조명하면서 시원의 자연을 존중하는 생태주의적 신념을 구현한다. 강제 조혼을 거부하고 자유를 찾아 프랑스로 이주한 랄라는 마르세유의 빈민촌에서 생활하면서 현대 서구 문명의 물질적 풍요의 그림자에 속하는 이주민들의 사회 부적응과 가난의 대물림, 정신적 · 물리적 폭력에 노출된 약자들의 실상을 확인하고 새롭게 얻은 기회를 버리고 자신의 조상인 청색 피부를 가진 인간, 즉 사하라의 투사들을 찾아 사막으로 귀환한다. 서구 문명 속에 갇힌 원시적 순수성과 감수성을 상징하는 주인공이 현대 유럽 물질문명을 접한 뒤 그녀 스스로 정신적 풍요를 찾아 사막으로 돌아가는 선택을 서술한 르 클레지오는 인간은 현대 서구 문명 속에서 불안한 존재이며 인간은 자연과의 화해를 통해 행복해질 수 있다는 신념을 구현한다.

---

[1] 작가의 여성 서사로 『사막Désert』(1980), 『황금물고기Poisson d'or』(1997), 『떠도는 별Étoile errante』(1992), 『허기의 간주곡Ritournelle de la faim』(2008), 『폭풍우Tempête』(2014), 『빛나-서울 하늘 아래Bitna, sous le ciel de Séoul』(2018) 등이 대표적이다. 이 목록의 출판연도는 프랑스어 원작 기준이며, 이하 작품별 인용의 출처는 해당 단행본의 재출판연도로 표기한다.

『황금물고기』의 주인공 라일라도[2] 사하라 사막의 힐랄 부족의 후손이며, 마그레브 여성에게 강요되는 조혼 전통을 피해 프랑스로 이주한다. 그녀는 파리의 이주민 빈민가에서 생활하면서 아프리카 문명에 가해진 유럽 식민지 문화의 잔혹상에 눈 뜨게 되고 아프리카 출신 이주 여성으로서의 정체성을 찾기 위해 다시 20세기 세계화의 종주국인 미국으로 떠난다. 하지만 구대륙으로부터 전해진 백인남성지배 문명의 권력이 이어지는 신대륙은 아프리카 출신 이주 여성인 라일라를 소외시켰으며 그녀에게 진정한 자아를 찾게 해주는 구원의 땅이 될 수 없었다. 결국 라일라는 자신이 기억도 하지 못하는 고향, 어머니의 땅인 사하라 사막으로 귀환하며 그곳에서 진정한 자아를 찾게 되고 미래에 대한 희망을 품게 된다.[3]

도시 속에서 불행해진 인간이 다시 행복해지기 위해서는 자연과 평화로운 공존과 교감이 필요하다고 주장하는 르 클레지오는 『사막』과 『황금물고기』에서 자연의 원형으로서의 아프리카의 사막을

---

2 두 소설 모두 모로코를 배경으로 여성 주인공의 성장 과정을 그린 소설이라는 유사점을 가지고 있다. 브라운(Brown) 역시 『황금물고기』의 주인공 라일라와 『사막』의 주인공 랄라가 같은 조상을 가진 점을 지적한다(1997:731).

3 『사막』과 『황금물고기』의 다른 점은 소설의 구조와 문체 등에서 찾을 수 있다. 『사막』에서는 과거와 현재가 교차하는 병행적 서술 구조를 가진 데 반해, 『황금물고기』에서는 주인공의 이주 과정을 순차적으로 보여 준다. 『사막』에서는 청색 민족의 사막 이주기가 환상적이고 신화적인 분위기에서 진행되었다면, 『황금물고기』에서는 과거 서구 식민지화의 결과가 현대 서구 문명과 사회에 어떻게 남아있는지 서술한다. 여성 주인공의 운명의 표현하는 서사 구조에서는, 『사막』의 주인공 랄라가 프랑스에서의 이주 생활에서 자신의 한계를 극복하지 못하고 사막으로 귀환한 반면, 『황금물고기』의 주인공 라일라는 음악가로 성공한 뒤 아프리카로 귀환했으며, 자신을 아프리카인으로 한계 짓지 않고 언제든지 다시 떠날 수 있는 존재로 인식하고 있다는 차이를 보인다.

제시한다. 작가는 두 소설에서 서구중심 세계주의의 확산으로 전 세계의 문화적 다양성의 쇠락을 가져왔다는 사실을 비판하고 물질만능주의로 파괴된 시원의 자연과 비서구 소수 문명의 가치를 존중하는 다원주의를 설파한다.

『황금물고기』의 주인공 라일라는 여섯 살 무렵 납치로 강요된 이주를 시작으로 생존을 불가능한 빈곤에서 탈출하여 노예로 팔리는 운명에서 벗어나기 위해 계속해서 국경을 넘게 된다. 이 이주 여정에서 만나는 사람들은 그녀를 그물에 옭아매려 하는데, 이렇게 이주 · 유색 · 여성에게 가해지는 성적, 계급적, 인종적 억압은 기나긴 인간 차별의 역사와 무관하지 않다. 책 서문 "조심하라! 세상에는 너를 노리는 올가미와 그물이 수없이 많으니."(5)에 등장하는 나와틀(Nahuatl) 속담은 어린 소녀가 겪는 일련의 사건들의 복선의 역할을 한다. 작은 황금물고기로 형상화된 여주인공 라일라는 아프리카 대륙을 지배와 착취의 대상으로 바라보는 식민주의적 지배 사상을 기반으로 한 서양인의 시선을 비판하는 작가의 의도를 반영한다. 라일라가 모로코를 떠나 파리로, 다시 미국의 보스턴, 시카고로 이주하는 동안 겪는 모든 고통과 폭력은 이 소설이 출판된 20세기 말에도 그리고 현재 21세기에도 이어지는 식민주의적 지배 문화(소위 서구 경제선진국들에 의해 선도되어 온 세계화의 파괴적인 억압과 확장)와 열강의 지배를 벗어나려 노력하는 나머지 국가들의 고유문화와 문명 간의 대립과 갈등을 보여준다.

르 클레지오는 『황금물고기』에서 라일라가 자신의 흑인성(négritude)을 찾는 나침판이 되어주는 책으로 파농(Fanon)의 『대지의 저주받은 자들*Les Damnés de la terre*』을 등장시키고 라일라에게 세제르(Césaire)의 시를 암송시키는 장면 등을 통해 아프리카 출신 흑인들의 정체성을 세우는 데 필요한 사상으로 탈식민주의적 담론을 소개한다. 본문에서 탈식민주의 담론을 바탕으로 주인공 라일라의 이주(diaspora)를 분석해 보고, 이어서 아프리카 여성의 이주 서사라는 측면에서 라일라가 밟는 여정의 과정과 그 결실을 페미니즘적 관점으로 해석할 것이다.

1. 라일라의 정체성 : 탈식민주의

사하라 사막 유목민 출신 소녀가 이주의 모험을 수행하며 다문화적 정체성을 구축하는 서사 『황금물고기』에서 라일라가 주체성을 구축하는 지표로 탈식민주의 이론이 제시된다. 르 클레지오는 이 성장 소설에서 파농과 세제르의 저서를 직·간접 인용하면서 주인공이 아프리카인으로서의 자긍심을 되찾는 과정을 조명한다. 아프리카 대륙에서 유럽으로 이주하게 된 라일라는 자신이 흑인이라는 사실을 생전 처음 각인하는 경험을 한다. 파농이 『검은 피부, 하얀 가면』에서 자세하게 설명한 것처럼 흑인이 백인을 타자로 하여 자신의 흑인성을 인식하는 과정이 이루어지는데, 자신을 '야만인'으로 보는 프랑스인들의 시선을 통해 라일라가 처음으로 자신의 '일그러진' 흑인성을 깨닫게 되는 장면이 잘 묘사된다.

우리는 시선을 끌지 않으려고 온갖 애를 썼으나 소용없는 일이었다. 모두들 우리를 바라보았다. 하기야 푸른색 긴 드레스와 흰색 포나라를 입은 후리야와, 피부가 검고 잠을 자느라 머리카락이 마구 헝클어진 나의 모습은 그곳에 있는 어떤 사람과도 비슷하지 않았을 것이다. 우리는 진짜 야만인이었다. (96) Nous avions beau faire tout ce que nous pouvions pour ne pas attirer l'attention, les gens nous regardaient. Je peux dire que nous en devions pas avoir l'air de tout le monde, Houriya avec sa longue robe bleue et son fonara blanc, et moi avec ma peau noire et mes cheveux emmêlés par le soleil. Deux vraies sauvages. (104)

파농[4]은 『검은 피부, 하얀 가면』에서 왜 흑인이 백인 신화에 지배를 받는가에 대한 질문을 던지고 그 해답을 정신분석학이 아닌 정치경제적 위계질서 즉 식민지화의 이데올로기 형성 과정에서 찾는다. 정복자인 백인 남성들에 의해 강요된 식민주의적 이데올로기는 피정복자인 흑인들에게 열등의식을 심어줄 뿐만 아니라 자신의 흑인성을 부정하는 결과, 백인의 이데올로기적 헤게모니가 너무 강해서 흑인들은 사회가 주는 열등감과 자신들의 무기력함을 아무런 의식이나 비판 없이 받아들이게 된다. 즉 흑인이 흑인과 함께 있을 때는 자신의 존재를 인종적 타자들을 통해 체험할 필요가 없지만, 식민지

---

4 파농이 프랑스에서 정신의학을 공부하고 알제리와 튀니지의 정신병원에서 근무했던 1950년대 당시 유럽에서는 인종적·문화적 차이를 전제하며 식민지 원주민의 심리와 행동을 비교 연구하는 학문인 소위 인종정신의학(ethnopsychiatry)이 발전하고 있었다. 유럽의 식민지배에 공모한 학술적 오리엔탈리즘으로 포장된 이 학문을 접한 파농은 유럽중심주의적 정신의학의 가설과 개념을 뒤집어 이용하여 식민주의의 물리적·정신적 폭력에 노출되어 극심한 자기소외와 자기분열에 빠진 식민지 원주민들을 치유하기 위한 이론을 제시한다.

를 지배하는 백인과의 관계 속에서 '흑인이 된다'고 주장한 그는 인종에 의해 결정된 신체적 특징 즉 검은 피부, 검은 머리, 검은 눈 등의 자신과 분리시킬 수 없는 특성을 기저로 한 흑인성을 정의하고 이 존재론적 정의인 흑인성에 대한 자각의 과정에서 흑인이 받는 심리적 고통을 강조한다. 검은 피부에 가해지는 백인들의 공격이 흑인을 위축시키고, 자신의 콤플렉스에서 탈출할 길이 없는 흑인은 이러한 백인들의 인종차별을 스스로 정당화시킨다고 설명한 파농은 주체와 타자의 상관관계를 강조하는 정신의학의 틀을 바탕으로, 식민지 주인인 백인 타자와 노예로서의 흑인 주체라는 수직적 축으로 재구성하여 흑인의 불안정한 정신세계를 분석한다. 흑인이 영원한 타자로 고착하는 과정을 라캉(Lacan)의 개념인 거울단계(stade de miroir)로 설명한 파농은 상상적 동일시와 공격성이라는 양가적 감정을 설명하면서 여기에 인종이라는 차이를 새겨 넣는다. 즉 라캉의 이론에서 타자로 인식된 거울 이미지는 인종적 타자인 흑인이며, 이 흑인의 신체 이미지는 도저히 "동화시킬 수 없는" "비자아"로 남기에 백인 유아는 "흑인의 출현"과 더불어 "상상적 공격성"을 갖게 된다고 설명한다. 반면 흑인의 경우에는 식민주의라는 역사적, 경제적 현실이 개입되기 때문에 흑인의 진짜 타자는 백인이 아니라고 주장한다. 흑인 아이의 내부에서 "본질적으로 백인적인 태도와 생각 방식의 형성과 결정"이 이뤄지기 때문에, 흑인의 타자는 백인의 가면을 쓴 흑인이다. 파농은 백인-식민주의적 사상-과 유색인-피식민주의적 사상-의 심리를 분석하고 있으며, 자유를 찾는 것이 인간에게, 특히 유색인에게 매우 중요한 사명임을 권고한다.

인간을 가두려는 시도는 반드시 중단되어야 한다. 왜냐하면 자유가 인간의 운명이기 때문이다. (…) 나, 유색인으로서 바라는 것은 이것 하나뿐이다. (…) 한 인종에 의한 다른 인종의 노예화는 반드시 중단되어야 한다는 것. 인간, 그가 어디에 있든지 간에 내가 그를 찾아내고 사랑할 수 있어야 한다는 것. 이것뿐이다."(파농 1998:290-291)

스스로 망명을 선택한 모리셔스계 프랑스 작가 르 클레지오에 의해 탄생한 『황금물고기』의 주인공 라일라는 자신에게 강요되는 노예라는 사회적 역할을 거부하고 스스로 운명을 개척하는 실천적 행동파라는 의미에서 파농과의 접점을 찾을 수 있다. 또한 세네갈 출신의 이주민 3세로 파리 7대학에서 역사를 공부하는 프랑스 흑인 청년 하킴은 파농을 닮아 혁명적 미래를 꿈꾸며 아프리카 문화의 진정한 가치를 되찾기 위해 고군분투한다. 하킴은 파리에서 불법 체류자의 하류 인생을 살아가는 라일라에게 파농의 저서 『대지의 저주받은 자들』을 건네주면서 그녀가 적극적으로 자신의 주체성을 찾도록 도와준다. 주인공 라일라는 이 책을 자신의 흑인성 찾기의 중요한 길잡이로 여기고 구대륙에서 신대륙으로 이주할 때 필수적 소지품으로 간직하게 된다. 『대지의 저주받은 자들』에서 파농은 알제리 독립전쟁과 관련된 전략과 실천을 논의하고 민족의식과 폭력적 봉기에 대해 역설하면서 정치적이고 실천적 활동을 조명한다. 식민지화란 무력으로 침략해온 타 종족이 그 원주민을 지배하여 토지와 인간을 사유화하는 폭력적 현상이라고 강조한 파농은 식민지 사회란 억압적 지배를 공식적으로 대변하는 경찰과 군대에 의해 직접 유지되는 인종차별적 폭력 사회라고 비판한다. 그곳에서 원주민은 절대 악이고 반가치이며, 수동적이고 비인간적인 존재로 식민자에 의해 조작된 대상에 불과하다. 폭력은 식민지 세계의 질서를 지배하며, 식민지 사회 구조의 근본에는 식민자인 타자의 폭력이 있다. 파농에 따르면 식민통치 하의 알제리 사회는 그 어떤 타협이나 화해의 가능성도 찾아보기 힘든, 오로지 관계의 단절과 공간적 분리로 특정지어지는 '마니교적 이원론의 세계'이다. 여기에 중간지대는 존재하지 않았으며, 모든 인간관계는 선과 악의 흑백논리에 따라 획일화되고 이분화된다. 식민지 사회에서 원주민이 선택할 수 있는 운명은 차별과 배제에 복종하여 '대지의 저주받은 자'로 살거나 백인을 모방하는 '하얀 가면'으로 '검은 피부'를 가린 채 사는 삶, 둘 중 하나이다. 이 두 선택 모두 원주민에게는 자기 소외이며, 자신의 흑인성을 부정하는 것이며, 이를 극복하기 위해서는 원주민 스스로 성취하는 탈식민화가 필수적이라고 주장한다. 흑인이 투쟁하여 식민주의 역사를 극복하지 않으면 백인 식민주의자들의 인종차별적인 집단무의식에 맞설 수 없으며 그 결과 흑인들은 절대로 온전한 자아를 형성할 수 없다는 파농의 주장은 『황금물고기』에서 과거 식민지 출신 이주자의 후손 하킴의 고민과 방황으로 재현되고 있다. 라일라는 하킴과 함께 처음으로 아프리카 박물관에 방문하게 되고 그곳에서 박제화되어 빛을 잃은 예술품을 보며 분개하는 하킴의 모습을 통해 아프리카 문화에 대해 재인식하게 된다.

"저 가면들을 잘 봐, 라일라. 우리를 닮았잖아. 모두들 포로야. 그래서 아무 말도 할 수 없어. 뿌리째 뽑힌 셈이지. 하지만 그래도 저들은 지상에서 존재하는 모든 것들의 근원에 자리잡고 있어. 저들은 멀고 먼 과거에 뿌리를 내렸어. 이곳 사람들이 지하동굴에서 살면서 그을음으로 얼굴이 시커메지고 영양실조로 이가 부러지고 하던 그 시절에, 저들은 이미 인간다운 삶을 시작했던 거야." (...) "저게 바로 우리의 뼈고 우리의 이야. 우리 몸의 일부라구. 우리 피부와 같은 색이야. 밤이 되면 반딧불처럼 빛나지." 내가 보기에 그 또한 미친 것 같았다. 그러면서도 그의 말은 나를 전율케 했다. 진실처럼, 깊은 곳에서 우러나오는 듯이 여겨졌던 것이다. (149-151) "Regarde les masques, Laïla. Ils nous ressemblent. Ils sont prisonniers, et ils ne peuvent pas s'exprimer. Ils sont arrachés. Et en même temps, ils sont à l'origine de tout ce qui existe au monde. Ils sont enracinés très loin dans le temps, ils existaient déjà quand les hommes d'ici vivaient dans des trous sous la terre, le visage noirci par la suie, les dents brisés par les carences." (...) "Ce sont nos os et nos dents, tu vois, ce sont des morceaux de nos corps, ils ont la même couleur que notre peau, ils brillent la nuit comme des vers luisants." Peut-être qu'il était fou, lui aussi. Et en même temps, ce qu'il disait me faisait frissonner, c'était profond comme une vérité.

(158-159)

흑인성 정립에 대해 고뇌하고 분노하는 하킴의 모습은 청년 시절 같은 고민을 하던 파농의 모습을 연상시킨다. 파농에 따르면, 유럽의 백인 남성 위주의 식민지 문화는 피식민지(특히 아프리카)의 문명을 부인하고 피식민지인들의 고유문화를 비문명, 야만, 원시, 미개의 이름으로 격하하는 특성을 보인다. 또한 피지배지에 거주하는 원주민들 그리고 그곳에서 온 이주민들을 야만인, 미개한 인간으로 보는 집단무의식이 서구사회에 존재한다.

> 우리가 식민지 시대의 가장 특징적인 것인 문화소외를 위해 그들이 기울인 노력을 고찰해보면, 우리는 아무 것도 우연히 이루어진 것은 없으며 식민지배자들에 의해 추국된 전체적 결과는 식민지민중들에게 식민지배는 그들을 무지몽매 상태로부터 개화시키기 위해 온 것이라고 확신시킨 것임을 깨닫게 된다. 식민지배자들에 의해 의식적으로 추구된 효과는 만약 이주자들이 떠난다면 그들은 단번에 야만과 타락과 동물적 상태로 떨어지게 된다는 관념을 식민지민중의 머리에 주입시키는 것이었다. (파농 1979:169)

백인 남성 지배 문화 속에서 아프리카 출신의 가난한 여인 라일라는 프랑스 주류 사회에 속하지 못하는 이방인이며, 불법밀입국자라는 그녀의 신분은 파리의 가장 어둡고 위험한 그늘로 그녀들을 이끈다. 아프리카 대륙을 떠나 프랑스로 이주하게 된 라일라는 백인들과의 접촉을 통해 자신의 열등한 흑인성을 인식하게 되고 그들의 눈을 피해 유색인들만이 모이는 거주지에 살면서 파리의 거리를 마치 '바퀴벌레'처럼 숨어다닌다. 파농이 투쟁했던 직접적인 식민지 시대가 끝났음에도 불구하고 아프리카 흑인에 대한 유럽 백인들의 인종차별은 여전히 남아 라일라를 괴롭힌다.

> 밤이면, 모든 것이 달라졌다. 나는 한 마리의 바퀴벌레가 되었다. 그리하여 톨비악, 오스테를리츠, 레오뮈르-세바스토폴 역으로 다른 바

퀴벌레들을 만나러 갔다. 우리만이 아는 길을 통해 지하철 통로 안으로 들어서면 북소리가 들려왔다. 나는 그 소리에 몸을 떨었다. 그야말로 마술적인 소리였다. 저항할 수 없었다. 나는 그 음악에 이끌려 바다와 사막을 건넜다. (162) La nuit, tout changeait. Je devenais un cafard. J'allais rejoindre les autres cafards, à la station Tolbiac, à Austerlitz, à Réaumur-Sébastopol. Quand j'arrivais par le tuyau du couloir et que j'entendais les coups du tambour, ça me faisait frissoner. C'était magique. Je ne pouvais pas résister. J'aurais traversé la mer et le désert, tirée par le fil de cette musique-là. (170)

르 클레지오는 『황금물고기』에서 엘 하츠의 죽음을 통해 구식민지였던 고향 세네갈을 떠나 프랑스로 이주했지만 이 새로운 개척지에서 결코 진정한 프랑스인이 될 수 없었던 흑인 이민자의 비극을 조명한다. 식민지 모국 프랑스에서 지배 문화에 완전히 통합된 프랑스인으로 살 수 없었던 이민자들은 유럽 백인 지배 문화국에서 당당한 아프리카인으로도 살 수 없다. 문화 간의 다양한 가치나 차이의 고려 없이 지배 문화에 함몰되어 자신의 원래 가치를 잃어버린 데서 오는 노예-피식민지 출신 이주민-들의 비극은 다음 세대까지 이어져서, 엘 하츠의 손자 하킴 역시 프랑스의 주류 사회에 영입되지 못한 채 아프리카 문화의 부활을 꿈꾸면서 방황하는 인생을 살게 된다. 이민자들이 행정 서류를 통해 얻게 되는 식민지의 정체성은 형식적인 위안일 뿐, 식민지의 지배 문화에 융화되어 동등한 일원이 되는 일은 불가능하다는 것을 보여준다. 눈부신 태양의 대륙에서 강제로 유배된 아프리카 출신 이민자들에게 유럽의 겨울은 단순한 추

위가 아닌 아프리카의 정신을 앗아가는 백인들의 식민 문화의 혹한
이며, 인간 각자가 저마다 편안함을 얻고 위안이 되는 고유문화의
전통을 상실했을 때 이민자들은 소외감과 방황, 자기혐오에 시달리
다가 결국 분열되는 자아로 고통을 받게 된다.

엘 하츠 할아버지와 하킴은 아프리카 식민지 출신 흑인 이주민의
불행한 운명을 라일라에게 가르쳐주게 되며, 불법 체류자인 그녀에
게 새로운 이름과 신분증을 선물해 준다. 프랑스 백인 남성 지배의
주류 사회에서 관심을 두지 않는 또 다른 아프리카 출신의 흑인 여
성이었던 마리아의 여권은 라일라에게 행정 서류상의 합법적인 신
분을 획득하게 해주었을 뿐만 아니라 희망을 찾아 다른 곳으로 떠날
수 있는 자유를 주었다.

> 돌아가시기 전에 할아버지는 이 여권을 네게 남겨놓으셨어. 할아버
> 지는 네가 당신의 손녀 같다고 하시면서, 네가 이 여권을 가지고 다
> 른 프랑스인들처럼 가고 싶은 곳으로 갈 수 있도록 하겠다고 말씀하
> 셨지. 마리아는 이 여권을 사용할 시간이 없었으니까. 너는 네가 하
> 고 싶은 대로 하면 돼. 사진은 걱정할 필요없어. 알다시피 프랑스인
> 들에게 흑인들은 모두 비슷해 보이잖아. (…) 글의 내용을 이해하게 되
> 자, 내 두 눈에 눈물이 가득 찼다. 랄라 아스마가 죽은 후에 처음으
> 로 흘리는 눈물이었다. 아무도 내게 이런 선물을, 내 이름과 신분이
> 라는 선물을 준 적이 없었다. (210) Avant de partir, mon grand-père
> avait mis de côté le passeport pour toi. Il disait que tu étais comme
> sa fille, et que c'était toi qui devais avoir le passeport, pour aller où tu
> veux, comme toutes les Françaises, parce que Marima n'avait pas eu le

temps de l'utiliser. Tu feras ce que tu voudras. Pour la photo, tu sais bien que pour les Français tous les Noirs se ressemblent. (...) Quand j'ai eu compris, j'ai senti mes yeux pleins de larmes, comme ça ne m'était pas arrivé depuis la mort de Lalla Asma. Jamais personne ne m'avait fait un cadeau pareil, un nom et une identité. (217-218)

식민지 시대의 정신적 유산을 청산하지 못한 구대륙 유럽에서 '하얀 가면을 쓴 검은 피부'로 살아갈 수 없었던 라일라는 미국이라는 신대륙을 향해 떠나게 된다. 하지만 아프리카 출신 흑인 이주여성이라는 한계를 가진 라일라의 정체성은 백인남성이 지배하는 미국 문화 속에서 너무나 쉽게 위협당하게 된다. 라일라는 알시도르의 폭행 피해 사건을 통해 미국에 현존하는 뿌리깊은 흑백 차별과 과거 노예 제도를 상기시키는 폭력과 공포를 생생하게 체험하게 된다.[5] 흑인을 혐오하는 집단무의식은 백인남성우월주의가 지배하는 미국에서 여전히 파괴적 결과를 가진다는 것이 다시금 증명된 것이다. 라일라가 프랑스에서 미국으로의 이주 과정에서 계속 파농의 『대지의 저주받은 자들』를 간직했다는 사실은 그녀가 자신의 왜곡된 흑인성에 대해 고민하면서 자신의 진정한 정체성을 찾으려 투쟁했다는 것을 의미한다고 볼 수 있다. 프란츠 파농의 이론의 초석을 닦게

5 　라일라의 이웃에 사는 알시도르는 지적 장애를 가진 순진하고 가난한 아프리카계 미국인으로 마약 단속 중이던 경찰의 경고를 알아듣지 못해서 백인 경찰들에게 무자비한 폭행을 당하게 된다. 경찰들에게 얻어맞으며 바닥에 쓰러진 알시도르가 엄마를 찾으면서 우는 모습은 라일라가 찾은 표면적 안정과 순간의 행복을 깨트리고 자신의 고통스러웠던 과거와 자신과 유사한 처지에 있었던 흑인 이민자들의 고통을 떠올리게 한다.

해준 스승 에메 세제르가 제시한 '흑인성'(네그리튀드)의 개념을 디아스포라와 연관시켜 살펴보면서 『황금물고기』에서 펼쳐지는 라일라의 정체성 찾기 이주 여정을 좀 더 자세히 분석해 보자.

2. 라일라의 이주 : 네그리튀드와 디아스포라

에메 세제르가 처음 개념화한 네그리튀드(négritude)라는 용어는 원래 흑인 디아스포라 즉 노예무역과 식민지배의 역사적 경험을 공통분모로 하는 흑인의 집단적 정체성을 의미했다. 세제르는 흑인 수난사의 기표로 굴욕과 수치의 낙인이었던 '니그로'를 흑인의 정치적 자의식과 문화적 자긍심의 상징인 네그리튀드로 전환하는 데 주력했다. 식민지 동화 정책에 대한 저항이면서 흑인 소외를 극복하기 위한 투쟁으로 네그리튀드를 규정한 세제르는 흑인 정체성을 회복하기 위한 실천 운동을 강조하며, 흑인을 니그로로 만들었던 인종주의와 식민주의를 회피하지 않고 대면함으로써 흑인의 주체성을 회복하도록 노력했다. 또한 네그리튀드 운동은 전 세계 모든 흑인이 연대의식을 가짐으로써 구체화될 수 있음을 강조했다.

세제르가 1939년에 발표한 『귀향 수첩Cahiers d'un retour au pays natal』은 네그리튀드 운동의 시작점을 알리는 저서 중 하나로, 흑인들의 불평등한 사회적 신분에 대한 의식화를 초현실주의의 영향 아래 대담한 은유와 저항의 표현을 섞어 표현한 산문시를 담고 있다. 르 클레지오는 『황금물고기』에서 파농의 『대지의 저주받은 자들』(1961) 외에도 세제르의『귀향 수첩』을 반복적으로 등장시킨다. 주인공 라일라는 세제르의 시집에 나오는 시들을 즐겨 낭송하면서 흑인으로서의 자신감을 표현한다. 세제르는『귀향 수첩』후『식민주의에 대한 담론 Discours sur le colonialisme』(1950) 등의 작품을 쓰면서 인종차별과 식민주의를 고발하는 네그리튀드 운동을 계속하게 된다. 세제르는『식민주의에 관한 담론』중「식민주의와 운명」에서 식민주의의 사물화에 대해 통렬하게 비판한다.

> 식민주의자와 식민지인 사이에는 강제 노동과 협박, 압력, 경찰, 세금, 절도, 강간, 공물, 야유, 불신, 교만, 자위, 탐욕, 골빈 엘리트들 그리고 타락한 대중들만이 있을 뿐이다. 인간적 접촉은 고사하고 지배와 피지배자의 관계만이 버티고 있을 뿐이다. 식민주의자는 학급의 반장으로, 군대의 장교로, 감방의 간수로 그리고 노예 지배자로서의 삶을 영위케 하면서 식민지인들은 생산의 한 도구로 전락시키는 관계 말이다. 따라서 내 공식은 이렇다. **식민주의 = "사물화."** 나는 우레와 같은 상찬의 함성을 듣는다. 진보와 위대한 "성취"와 질병의 완치와 삶의 진일보에 대해 의심 없이 떠드는 사람들의 함성을. 그럴 때면 나는 본질을 박탈당한 사회와 그 사회의 짓밟힌 문화와 해체된 조직과 빼앗긴 땅과 풍비박산 난 종교와 파괴된 정교한 예술품과 피어보지도 못한 나름의 놀라운 **가능성들에** 대해 이야기를 꺼낼 수밖에 없다. (세제르 2004:20)

『황금물고기』의 주인공 라일라의 이주는 과거 아프리카 흑인의 노예무역의 여정과 마찬가지로 20세기에도 이어지는, 물론 현재까지 계속되는 유색 여성 노동자의 이주 경로를 따르고 있다. 과거 흑인 디아스포라의 여정이 물질화된 노예의 무역이었던 것처럼, 라일라의 이주 역시 자신의 운명을 선택할 수 없는 가난한 아프리카의 흑인 여성으로 태어난 선천적 운명 그 자체가 그녀를 '소유할 수 있는 대상'으로 만든다. 세제르의 주장처럼 식민주의가 보여주는 흑인들의 사물화는 『황금물고기』에서 상품화된 여주인공 라일라를 통해 표현되고 있다. 마그레브 사회에서도 가장 낮은 계층에 속하는 사막의 부족민 출신인 라일라는 경제적으로 취약한 계층의 대부분 여성이 그러하듯 자신의 자유 의지와 무관하게 마치 물건처럼 팔려 다니는 처지에 놓인다. 라일라의 첫 번째 이주는 아프리카 사막 부족 간 물 분쟁의 불행한 결과였다. 그녀의 의지와 상관없이 일어난 이 부족 전쟁은 가장 힘없는 계층인 어린 여아에게서 가족을 일순간에 빼앗는다. 생면부지 남자에 의해 유괴된 여섯 살배기 라일라는 자신의 태생에 관련된 모든 기억을 상실하게 된다. 스페인계 유대인 여주인 랄라 아즈마에게 팔려 흑인 여자 노예로서의 삶을 시작하게 된 라일라는 저택에서 바깥 사회와 격리된 채 생활한 라일라는 여주인이 세상을 떠나는 시기인 14살 때까지 최소한의 사회화도 이뤄지지 않은 상태로 성장한다. 여주인의 죽음 뒤 라일라는 연고지가 없는 흑인 노예의 신분으로 또다시 세상의 '올가미와 그물'에 노출되게 된다. 라일라를 한 명의 인간이 아닌 포획의 대상-비유적 의미의 '황금물고기'-으로 여기는 마그레브 사회에서 상위층에 속하는 아벨과 조라 아즈마 그리고 유럽에서 온 백인들은 모두 라일라에게 인권을 빼앗고 노예로 지배하려 한다. 자신의 자유로운 운명을 개척하기 위해 라일라는 모로코를 떠나야만 했다. 이렇게 이뤄진 라일라의 아프리카에서 유럽으로의 이주는 과거 흑인디아스포라의 원인과 마찬가지로 아프리카 흑인의 사물화에 기인한다. 노예의 운명을 벗어나기 위한 이주를 감행한 라일라지만 빈민 불법이주 여성 신분인 그녀가 가질 수 있는 직업은 그녀를 다시 노예와 같은 처지에 놓이게 한다. 모로코에서 사회적으로 소외된 빈민 여성에게 강요된 경제 노동 상황과 마찬가지로 프랑스에서도 라일라는 열악한 노동 환경과 착취의 위험에 노출된다. 라일라는 처음에는 병원잡역부로 일하다가 그 병원의 한 프랑스인 여의사의 가정부로 일하게 된다. 유복한 프로메제아 부인은 불법체류자인 라일라에게 체류증 서류를 만들어 줌으로써 라일라를 합법적 노예로 삼으려 한다. 라일라는 아프리카에서 유럽으로 대륙을 옮겨 이주했지만 여전히 자신을 옭아매는 노예제도를 벗어나지 못하는 작은 물고기에 불과한 것이다. 인간 사물화의 가장 비극적 형태가 인신매매라면 라일라는 이미 어린 시절 모로코에서 자신이 팔리는 경험을 했으며, 파리에서도 자신을 합법적 노예로 만들려는 상류층을 피해 도망가야 했다.

『황금물고기』의 주인공 라일라는 이주지마다 이름과 언어를 새롭게 바꾸게 되며 그때마다 정신적 · 감정적 단절을 경험한다. 그녀는 아프리카 사막의 부족이 지어준 이름을 빼앗긴 채 모로코 여주인에게 '라일라'라는 이름을 부여받으며, 프랑스에서는 '리즈 앙리에트'라는 이름으로 개명할 것을 요구받게 되고, 또다시 '마리아 마포바'라는 이미 죽은 여성의 여권을 빌려 미국으로 이주하게 된다. 라일라의 강제 이주 내내 지속적으로 지배지의 언어와 이름이 변화한다는 사실은 지배지의 문화와 언어가 주인공의 정체성 형성에도 지대한 영향을 미친다는 것을 보여준다. 파농은 백인들이 자신들의 우월성을 확신하는 식민지 사회에서 백인의 세계는 정치적, 경제적 측면에서만이 아니라 언어, 문화, 신화, 가치 등의 측면에서 주체 형성의 배타적인 준거가 된다고 말한다. 그중에서 특히 파농이 주목하는 것은 지배자의 언어, 주인의 언어에 대한 식민지 흑인의 종속이다. "어떤 언어를 말하는 것은 하나의 세계와 그 문화를 수용하는 것이다."(1998:179)라고 파농은 주장한다.『황금물고기』에서 라일라는 식민지배의 언어들을 통해 얻은 서구의 지식-어문학 교육 및 철학 교육 등-으로는 인종차별, 성차별 경제 · 계급적 차별을 받아 일그러진 흑인성을 회복할 수 없었고 자신의 올바른 정체성을 찾을 수 없었다.

세제르는『식민주의에 관한 담론』의 2장 「식민주의와 인종차별주의」에서 아프리카 문화의 우수성을 강조하고 아프리카 문화의 재건을 위해 노력할 것을 주장한다. 세제르의 네그리튀드 운동은 아프리카 전통문화의 단순한 부활을 거부하고 동시대에 맞는 새로운 발전을 강조한다. 그의 주장은 아프리카인의 올바른 정체성을 회복하기 위해서는 아프리카 문화에 대한 자긍심을 회복하려는 적극적 투쟁이 필요하다는 것이다.『황금물고기』에서 라일라는 아프리카 음악이라는 문화 활동을 통해 자신의 왜곡된 흑인성을 극복하고 아프리카인으로서의 긍정적인 자긍심을 찾을 수 있었다. 라일라는 백인 감시자들의 눈을 피해 밤마다 파리의 거리, 지하철역에서 열리는 아프리카 음악을 연주하고 춤을 추는 아프리카 출신 이주자들의 모임에 참가한다. 백인 지배 사회에서 인간 이하로 경시되는 이민자들은 자신들의 문화 의식을 통해 타향의 외로움을 달래며 고향을 그리면서 그들 사이의 결속을 다지게 된다. 이주민들이 모여 부르는 전통적 음악은 떠나온 고향에 대한 향수를 달래는 집단적 의식이며 아프리카 여러 문화가 모여 융합되고 새롭게 탄생하는 용광로의 역할을 한다. 불법 체류자의 신분으로 살아가는 라일라에게 파리의 낮의 삶이 이주자의 노동이었다면, 파리의 밤의 삶은 신분의 억압을 벗고 아프리카의 영혼의 자유를 만끽할 수 있는 시간이었다. 도시 속에서 주인공은 어둠에 속하는 존재이며, 불법 이주자이기 때문에 부정되는 존재이다. 그녀의 육체는 식민지 문화에 억압된 노예 상태지만, 아프리카 음악을 통해 라일라는 자유로운 자아를 찾을 수 있게 된다. 검은 대륙 아프리카를 상징하는 밤의 세계에서 아프리카의 영혼을 일깨워 주는 음악을 통해 '밤'을 의미하는 이름을 가진 라일라는 왜곡되지 않는 자아를 형성하게 된다. 라일라가 아프리카 음악을 듣던 파리 지하철에서 만난 시몬느는 아이티에서 이주한 여성으로 고향을 잃어버린 자신의 불우한 처지를 크레올어로 부르는 노래를 통해 이겨내려고 노력한다. 시몬느는 귀가 반쯤 먹은 라일라에게 음악을 가르치는데, 이러한 두 여인의 음악적 교류는 핍박받는 그녀들의 현실적 상처를 치유하고 고향을 그리워하는 이주민의 설움을 달래주는 주술적 의식과도 흡사하다.

나는 아무 말도 하지 않았지만 그녀는 내가 반쯤 귀가 먹었다는 것을 알고 있었다. 나는 그녀가 내게 음악을 가르칠 생각을 했다는 사실이 잘 믿기지 않았다. 그녀는 마치 내 속에 음악이 깃들여 있고, 내가 살아가는 이유가 그것 때문이라고 생각하는 것 같았다. (…) 우리는 거의 말을 하지 않았다. 그녀는 긴 옷으로 몸을 감고 웅크린 자세로 상체를 흔들며 음악을 연주하면서 바다 저편까지 울려퍼지는 아프리카의 노래를 불렀고, 나는 마치 자력으로 이끌리듯 의미도 모르면서 그녀 눈의 움직임이나 두 손의 자세에 이르기까지 모든 행동을 따라하고 그녀가 읊조리는 가사를 되풀이했다. (181-184) Je ne lui ai rien dit, mais elle savait que j'étais à moitié sourde. C'est incroyable qu'elle ait eu l'idée de m'enseigner la musique, comme si elle avait compris que c'était ça qui était en moi, que c'était pour ça que je vivais. (…) On ne parlait plus. Seulement elle, accroupie au milieu de sa robe, balançant son buste, et jouant sa musique, et chantant son chant africain qui allait jusque de l'autre côté de la mer, et moi qui répétais ses mouvements, ses phrases, jusqu'au mouvement de ses yeux et aux gestes de ses mains, sans comprendre, comme si une force magnétique me lisait à elle. (189-192)

시몬느가 라일라에게 자신의 음악을 전수하는 행위는 라일라가 청각적 장애를 극복하는 과정이며 검은 피부를 가진 아프리카 여자로서의 한계를 넘어 한 명의 음악가, 예술가로 성장하기 위한 발판을 다지는 과정이다. 시몬느에게 전달받은 크레올 음악은 라일라의 모로코 영혼을 만나 새로운 파리 이민자의 음악으로 탄생하게 된다.

하지만 시몬느의 불행한 죽음 후 더 이상 혼자 음악을 연주하지 않게 된 라일라는 절망의 도시 파리를 떠나 니스에 가게 되고, 콩코

르드 호텔 바에서 재즈를 부르는 미국인 흑인 여가수 새라의 음악을 들으며 새로운 꿈을 꾸게 된다. 라일라와 새라의 교감은 프랑스어나 영어라는 서구 언어에 근거한 것이 아니라 음악-아프리카 흑인 음악을 기원으로 하는 재즈 음악-을 매개로 한다.

> 여하튼 저녁마다 나는 새라를 만나서 애무처럼 나를 감싸는 그녀의 노래를 들었다. 그리고 저녁마다 우리는 통역을 사이에 두고 말을 주고 받았다. 그러나 우리는 정말로 대화를 나누는 것이 아니었다. 그녀는 프랑스어를 할 줄 몰랐고, 여전히 나는 그녀가 하는 말을 잘 들을 수가 없었던 것이다. 그녀는 미소를 지었다. 그러면서 매번 같은 말을 되풀이 했다. "스월로우 자매, 네 머리가 마음에 들어." 우리에게 그 말은 노래의 반복되는 후렴 같은 것이 되었다. (232) Alors, chaque après-midi, j'étais au rendez-vous, pour écouter la musique de Sara, qui glissait comme une caresse. Et chaque après-midi, on se parlait, à l'intermède. Enfin, on ne se parlait pas vraiment, parce qu'elle ne savait pas le français, et que je n'entendais pas bien ce qu'elle disait. Elle souriait. Elle disait, chaque fois : "Sister Swallow, I love your hair." C'était devenu une rengaine. (238)

라일라가 새라와 맺는 이러한 연대는 이전에 라일라가 시몬느와 아프리카-크레올 음악을 통해 맺을 수 있었던 연대와 그 맥을 같이 한다. 미국에서 온 새로운 음악에 심취하게 된 라일라는 프랑스에서의 혼돈된 생활을 정리하고 신대륙으로의 이주를 결심한다. 아프리카계 미국인인 새라가 프랑스까지 초청되어 와서 공연을 하는 모습을 본 라일라는 음악인으로 새로운 자신을 찾을 수 있으리라는 희망을 품게 되고 '꿈의 땅', 미국으로 이주한다. 그러나 세제르의 경고[6]처럼, 미국의 자본주의 사회는 아프리카의 영혼을 간직한 라일라에게 진정한 자아를 찾아 자유롭게 살 수 있는 유토피아가 될 수 없었다. 미국에서도 아프리카 출신 이주 여성의 사회적 위치는 열악했으며, 아프리카에서 온 흑인에 대한 차별은 같은 아프리카계 미국 흑인들에게서도 찾을 수 있다. 아프리카계 미국 흑인들 눈에도 라일라는 '미지의 땅' 아프리카에서 온 또 다른 타자의 모습으로 인식된다.

내가 누구와도 닮지 않았으며 나야말로 진정한 아프리카인이라는 것이었다. 마리아, 이 여자는 아프리카에서 왔다. 그녀가 친구들에게 하고 싶은 말은 바로 그것이었다. 그러면 사람들은 '아?'라거나 '오!' 따위의 감탄사를 발하며 어리석은 질문을 늘어놓았다. 그 중에 이런 질문이 있었다. "거기에서는 어떤 말을 쓰지요?" 내가 대답했다. "거기에서요? 거기에서는 말을 하지 않아요." (248) je ne ressemblais à personne, que j'étais une vraie Africaine. C'était ce qu'elle disait à ses

---

6   세제르는 『식민주의에 관한 담론』의 3장 「제국과 프롤레타리아」에서 미국의 자본주의의 점령으로 인한 인간성 파괴에 대해 경고를 한 바 있다. "미국의 고단위 자본이 세계의 식민지를 공격할 시점에 이르렀음을 의미한다. 그러므로 동지들이여! 조심하라! 물론, 여러분들 중에는 생각만 해도 치가 떨리고 오역질이 나는 유럽 대신에 미국으로 눈을 돌려 그 나라를 잠재적인 해방군으로 생각하고 있는 사람들도 있을 것이다. 다행히 그 숫자는 많지 않다. (...) 미국의 지배는 영원히 원상을 불가능하게 하는 유일한 지배이므로. 다시 말해 커다란 상처를 남기는 지배이므로. 공장들과 산업에 대해 너무 기대하지 말라. 그 엄청난 공장들이 우리네 산림의 심장을 향해, 우리네 밀림의 심장을 향해 신경질적으로 뱉어내는 검은 재가 보이지 않는가? 이것들은 노예들을 생산하는 공장들일 뿐이다. 놀라운 기계화에 대해서도 너무 기대하지 말라. 인간의 기계화일 뿐이다." (2004:102-103)

amis : Marima, elle est d'Afrique. Les gens disaient "Ah?" ou "oh!", ils posaient des questions stupides, du genre : "Quelle sorte langue on parle là-bas?" Et je répondais: "Là-bas? Mais on ne parle pas là-bas."
(253)

아프리카 출신 이민자라는 신분은 미국에서도 그녀를 마치 유령과 같은 존재로 만들었다. 시카고에서 독립생활을 시작한 라일라는 캐널 스트리트의 호텔에서 피아노를 치며 노래를 부르게 된다. 과거 시몬느와 새라에게서 배운 음악들을 기억해 내고 파리의 거리에서 아프리카를 그리며 들었었던 음악들을 기억해 즉흥곡을 연주하면서 라일라는 그녀만의 음악을 완성해낸다. 그 음악은 모로코에서 프랑스 그리고 다시 미국으로 이어진 한 개인의 이주를 담은 이야기이며 동시에 유럽의 과거 식민지에서 건너온 음악 그리고 미국의 과거 흑인 노예의 역사가 담긴 흑인 음악이 모두 녹아든 흑인 디아스포라의 과거와 현재를 아우르는 음악이기도 하다. 라일라의 음악은 악보나 가사집 등을 바탕으로 이뤄지는 서구식의 학습으로 축적된 기록 문화가 아니며, 음악인들에게서 구전 받은 기억을 통해 재생산되는 아프리카 문화의 전통적 특징을 잘 보여준다. 기록으로 고정된 음악이 아니기 때문에 라일라가 연주할 때마다 현대적으로 재창조되며 아프리카의 전통음악을 바탕으로 하면서도 현대적인 변화가 가능해진다. 그녀의 아프리카 음악은 전통적인 아프리카 음악의 복제나 반복이 아니라 그녀가 사는 시대에 맞게 새롭게 창작된 음악이라는 점에서 세제르가 주장한 아프리카 문화 운동의 취지에 부합한다. 세제르는 흑인 정체성을 회복하기 위한 목적으로 네그리튀드 운동을 주장했으며, 아프리카 문화는 과거의 복원이 아니라 현재 일상 속에서 변화하고 갱신되어야 한다고 강조했다. 『황금물고기』의 여주인공 라일라가 흑인 디아스포라의 여정을 통해 완성한 음악은 세제르의 네그리튀드 운동에 목적에 부합하는 문화 부흥 활동이다.

3. 라일라의 성장 : 페미니즘과 젠더정체성

파농과 세제르의 탈식민주의 이론에서 상대적으로 소홀했던 피식민지 출신 여성의 이주 문제를 다각적으로 다룬다는 점에서 르 클레지오의 『황금물고기』는 페미니즘을 적극적으로 반영하고 있다고 평가할 수 있다. 모리스는 문학의 서사구조나 인물 분석 등을 통해 문학과 현실에 대한 인식 간 긴밀한 관계에 대해 지적하며, 특히 문학에서 여성의 삶이 다뤄지는 방식, 즉 여성 등장인물의 특성-여성의 정체성 문제 반영, 서사 구조-반복되는 여성의 운명 구조 등이 문학을 생산하고 소비하는 모든 주체에게 즉 인간 사유 방식에 영향을 미친다는 것과 윤리적인 평가, 미학적 비판 등을 통해 현실과 밀접한 관계를 가지는 문학의 특징을 강조한다.

현실에 대한 이해가 주로 언어와 같은 재현체계에 의해 이루어진다는 사실을 깨닫게 되면 일단의 텍스트로 구성된 문학과 삶의 관계가 생각보다 훨씬 복잡하게 된다. 문학과 삶은 상호 침투하여 서로 영향을 주고받기 때문이다. (……) 더욱이 여러 문화 속에서 문학은 가장 탁월한 재현방식으로 평가된다. 서사 형태는 존재에 대한 인식 그리고 사건 들이 필연적으로 취하게 되는 여러 형태에 대한 우리의 인식을 보다 확고히 하는 데 도움을 준다. (모리스 1997:24-25)

이런 맥락에서 『황금물고기』의 주인공 라일라의 운명 구조가 그 녀의 태생적 한계-가난, 흑인, 노예, 이민자 등-로 인한 비극적인 결 말이 아닌 희망적인 결말-주체성 회복의 결과인 독립과 사랑과 화 합의 능력 쟁취-이라는 새로운 여성상을 구현하는 의의를 가진다.

20세기 초엽의 탈식민지 운동은 영토 혹은 조국-남성적 국가의 개념-이라는 문제를 중요하게 다루었다. 파농과 세제르의 탈식민주 의 이론에서는 식민지 상황에서 흑인 원주민-인간 즉 남성으로 대표 되는-이 겪는 인종차별과 사회 계급-엘리트 계급과 농민 등-의 갈 등을 중심으로 한 정치·계급적 투쟁을 강조했다. 하지만 백인 남성 위주의 식민주의를 겪은 아프리카에서도 흑인 남성들에 의해 가해 지는 흑인 여성에 대한 차별이 존재했기 때문에, 흑인 여성들은 인 종차별과 성차별을 이중으로 겪어야 했다. 물론 경제적 차별과 사회 적 계급 차별 역시 흑인 여성에게 더 가혹하게 가해졌다. 아프리카 와 세상 곳곳의 "남성의 성정치"는 "동일한 정치적 목표, 즉 여하한 모든 수단을 동원해서라도 여성의 비굴함과 종속성을 확고하게 하 는 목표"를 공유하고 있으며, 여기서 여성은 일관되게 남성 통제의 피해자, 즉 "성적으로 억압된" 자로 규정된다. 그리고 "자신만을-방 어하는-대상"으로서의 여성, "폭력을-가하는-주체"로 남성, 그리고 사회를 무기력한 (여성)집단과 강력한 (남성)집단으로 고정화시키는 현상이 전 지구적으로 빈번하게 발생되는 현실을 비판한다(모한티 2005:45 재인용).

같은 맥락에서, 엘렌 식수는 『새로 태어난 여성』의 2부「출구」에서 능동성/수동성, 해/달, 문화/자연, 낮/밤 등의 이분법적 개념의 쌍을 목록으로 작성하고, 남자는 능동적이고, 문화적이며, 밝고, 높거나, 아니면 일반적으로 긍정적인 것들과 연합되는 반면에, 여자는 수동적이고, 자연적이고, 어둡고, 낮거나, 아니면 전반적으로 부정적인 것들과 연합되어 표현된다고 지적한다. 이분법적 한 쌍인 남자-여자에서 첫 번째 용어인 남자는 두 번째 용어인 여자가 벗어나거나 일탈하는 기준용어로 쓰이고 있으며, 그 근저에는 프로이트의 정신분석학에 근거를 둔 남자는 자아이고 여자는 타자라는 구별과 그 결과 여자는 남자의 세계 속에 남자가 만들어 놓은 조건으로 존재한다는 믿음이 남성적 글쓰기인 문학에서 지배적이라고 비판한다. 식수는 『메두사의 웃음』에서도 반복해서 여성에 대한 차별을 검은색에 대한 공포 그리고 흑인에 대한 차별로 표현했다.

여자가 말을 시작하자마자 사람들은 여자들에게 성을 가르침과 동시에 여자들 영역은 검다는 것을 가르쳤다. 너는 아프리카인이다. 그렇기 때문에 너는 검다. 너의 대륙은 검다. 검은 것은 위험하다. 검은 것 속에서 너는 아무것도 볼 수 없다. 너는 두려움을 느낀다. 움직이지 말아라. 넘어질 위험이 있으니까. 특히 숲 속에 가지 마라. 검은 것에 대한 공포, 우리는 그것을 내면화했다. (식수 2004:14)

식수의 주장처럼 아프리카 여성은 백인이 가진 검은 색에 대한 공포를 형상화하며, 같은 흑인인 남성들이 지배하는 아프리카 대륙에서도 여성은 밤·달·수동성·자연 등의 부정적 가치를 부여 받는 존재이다. 르 클레지오 역시 『황금물고기』의 주인공을 검은 흑인 여성으로 그리고 있으며, 그의 이름인 '라일라'는 '밤'을 의미하며, 달의 부족 힐랄의 후손이라고 상정하고 있다. 하지만 저자는 이 소설에서 아프리카 흑인 여성에게 이중으로 가해지는 인종 차별과 성 차별의 현실과 문제를 비판하기 위해 라일라라는 흑인 여자 주인공을 설정한 것이다. 마그레브 문화적 배경에서 '해와 낮'으로 상징화된 남성의 지배를 받는 여성들은 '밤과 달'처럼 더 어둡고 힘겨운 운명에 놓이게 된다는 대조를 통해 르 클레지오는 주인공의 순탄치 않을 운명을 처음부터 암시하고 있다. 모로코에서 라일라를 소유하려는 남성들은 가부장적 사회가 가지는 여성성을 파괴하려는 가학적 주체이고, 식민지 문화를 지배하려는 서구 문화의 폭력성을 가진 존재들이다. 여주인 랄라 아스마의 아들인 아벨은 마그레브 문화권의 가부장적 존재로 어린 노예 소녀인 라일라에게 성폭행 시도를 반복하며, 그의 아내 조라 아스마는 조혼 풍습에 따라 어린 라일라를 늙은 은행원에게 강제로 혼인시키려 한다. 모로코에서 라일라가 만난 백인 남성들 역시 그녀를 강제로 포획하려 한다. 프랑스인 들라예 씨도, 괴테 문화원 독일어 강좌를 하는 독일인 게오르그 쉔 선생도 어린 아프리카 소녀 라일라를 추행하려 한다. 빛나는 검은 피부 그리고 삶에 대한 에너지로 빛나는 두 눈에 매료되어 라일라를 자신의 소유물로 억압하려는 그들의 시도는 눈부신 태초의 자연과 풍부한 자원으로 가득찬 아프리카 대륙을 식민지화했던 백인들을 떠올리게 한다. 아프리카 흑인 여성인 라일라를 그물에 가두어 자신들의 소유물로 하려는 수많은 인물은 식민지 문화의 상징들이며, 끊이지 않는 인종차별과 성차별의 가학을 여실히 보여주는 것이다.

모로코에서의 여성에 대한 성차별은 사회 · 경제적 구조로도 강요된다. 어린 노예 소녀 라일라는 자밀라 아줌마의 여인숙에서 그리고 타브리게트 천막촌에서 불우한 가정환경 때문에 팔려온 여성들이 겪는 고단한 인생을 보면서 자국에서는 벗어날 수 없는 그녀들이 가혹한 운명을 깨닫는다. 성, 인종 그리고 사회, 경제적 조건들에서 가장 취약한 가난하고 교육받지 못한 유색인종 여성이 선택할 수 있는 직업군은 한정되어 있으며 특히 성매매업은 도덕적 비판을 추가하여 그녀들의 열악한 사회적 위치를 추락시키며 차별을 강화시킨다. 여성학자 마리아 컷러펠리는 모든 아프리카 여성이 정치적, 경제적으로 종속되어 있다는 사실로 특화되어 서술될 수 있다고 주장하며, 성매매는 아프리카 여성들이 집단으로서 택할 수 있는 거의 유일한 직업이라고 진술한다(모한티 2005:46-48 재인용). 가난하고 힘없는 아프리카 흑인 여성이기 때문에 나이가 들수록 더욱더 사회적으로 고립되고 허드렛일과 매춘을 강요당한다. 남성 지배의 사회에서 여성은 남성(특히 남편이나 아버지)의 지배를 받는 존재이며, 여성 자신의 독립된 존재로서의 인권을 박탈되는 일이 비일비재하다. 남성에게 구속된 여성은 자아를 회복하거나 완성하기는커녕, 인간 존재로서의 모든 존중을 포기하거나 최소한의 권리까지 부정당하고 만다. 라일라는 후리야의 고단한 인생을 보면서 마그레브 문화권에서 여성이 겪는 가혹한 운명을 깨닫고 이주를 결심하게 된다.

이 모든 것이 그녀에게는 어렸을 때 시골에서 겪었던 그 비참하던 시절, 마시는 물에서조차 가난의 냄새가 나던 그 시절을 상기시키는 것이었다. 특히 그녀가 벗어나고 싶었던 것은 상류사회의 신사분들과 유리창을 착색한 검은 리무진 안에서 벌이는 파티였다. 불행해하는 모습을 보고 즐거워하는 사람은 아무도 없기 때문에 그곳에서 그녀는 항상 웃는 척하고 명랑하고 행복해하는 척해야 했다. 그리고 그녀는 그 외에도 그 야수 같은 남자, 그녀와 결혼했다는 이유로 그녀의 몸에 대해 모든 권리를 가지고 있다고 믿어 심지어 고문까지 서슴지 않았던 그녀의 남편과 그가 보낸 사람들로부터도 달아나야 했다.

(79) Tout ce qui lui rappelait son enfance, la misère dans la campagne, où même l'eau qu'on boit a goût de pauvreté. Et surtout, ce qu'elle voulait fuir, c'étaient les fêtes avec les messieurs de la bonne société dans leurs voitures noires à glaces teintées, où il fallait faire semblant de rire, d'être gaie, heureuse, parce que le malheur ne plaît à personne. Et fuir toujours les envoyés de cet homme brutal qui, parce qu'on l'avait mariée à lui, croyait qu'il avait tous les droits sur son corps, jusqu'à la torture. (86)

유럽의 식민지화는 백인 남성 지배로 상징되며 상대적 약자인 피식민지 출신 여성은 육체적, 정신적, 성적 폭력으로 반복적으로 유린된다. 파리에서도 가난하고 힘없는 아프리카 출신의 어린 여성인 라일라는 많은 남자의 성폭행에 노출된다.

곧 나는 문제를 일으키기에 이르렀다. 빤히 바라본 남자들이 나를 따라왔던 것이다. 그들은 나를 창녀로, 교외에서 중심가의 거리로 금을 찾아 나선 어린 이주민 소녀로 생각했다. 그들은 가까이 접근했다. 그러나 손을 뻗치지는 않았다. 그들은 함정에 걸리는 것이 아닐까 두려워하고 있었다. 한번은 한 늙수그레한 남자가 내 팔을 잡았다. "내 차로 갈까? 맛있는 과자를 사러 가자." (107) J'ai eu assez vite des problèmes. Des hommes que j'avais dévisagés me suivaient. Ils croyaient que j'étais prostituée, une petite immigrée de banlieue qui allait chercher de l'or dans les rues du centre. Ils s'approchaient. Ils n'osaient pas m'aborder, ils avaient peur d'un piège. Un jour, un homme un peu vieux m'a prise par le bras. "Et si tu venais dans ma voiture? On irait acheter un bon gâteau." (115)

아프리카 출신 이민 여성인 라일라가 겪는 수많은 성적 폭력은 아프리카에 가해지는 서구의 식민주의의 가학을 상징한다고 볼 수 있다. 프랑스를 지배하는 백인 남성 우월주의는 독립된 여성으로 성장하려는 라일라-아프리카 출신의 불법 체류자라는 신분을 가진 흑인 여성-에게 커다란 사회적 장애로 작용한다. 여성의 성장은 한 인간으로서의 자아의 정체성 정립과 더불어 여성으로서의 성적 정체성의 확립이라는 양면성을 가진다. 하지만 라일라에게 성적 정체성의 확인 과정은 폭력과 강압으로 일관된다.

라일라가 파리에서 만난 다른 유색 이주 여성들의 사회적 위치 또한 열악하기 그지없었다. 제삼세계를 떠나온 이주 여성은 제일세계 이주국에서도 이중적인 성차별을 받게 된다. 이주 여성이 떠나온 본국의 성차별과 이주국에서 받는 인종주의적 성차별을 동시에 겪기 때문이다. 아이티에서 이주해온 시몬느를 괴롭히는 것은 고향을 잃은 이주민의 설움뿐만이 아니다. 남자친구이자 동거인인 마르시알 주와예와 그의 친구들인 동족 남성들은 이주해온 프랑스에서도 그녀에게 끊임없이 폭력과 억압을 가한다. 불행히도 그녀는 스스로 자유를 찾기 위한 결단을 내리지 못한다. 자신의 운명을 스스로 결정하지 못하는 그녀의 삶은 노예의 삶이며 그 결말은 비참해질 수밖에 없다.

> 그녀는 겁에 질린 기색이었다. (…) 나는 이 순간 그녀가 떠날 수 있다면 자유로워질 수 있으리라 확신했다. 그러나 그녀는 그럴 엄두조차 내지 못했다. (…) 왠지 모르지만 그때 나는 그녀를 다시 보지 못하리라는 생각이 들었다. 그녀는 결단을 내리지 못했으며, 그녀가 노예처럼 지내는 것도 그 때문이었다. 단 한 번만이라도 마음을 정할 수 있었다면 그녀는 마르시알도, 혼자가 되는 것도 두려워하지 않았을 것이며 그의 뒤치다꺼리를 하거나 그의 학대를 받지 않아도 되었을 것이다. 그녀는 자유를 얻었을 것이다. (185) Elle a l'air terrorisé. (…) J'étais sûre que si elle avait pu venir maintenant, elle aurait été libre. Mais elle n'y a même pas pensé. (…) Je ne sais pas pourquoi, j'ai pensé à cet instant que je ne la reverrai plus. Elle ne pouvait pas se décider, rien qu'une fois, elle n'aurait plus eu peur de Martial, ni d'être seule, elle n'aurait plus eu besoin de sniffer ses saltés, ni de prendre son Temesta. Elle aurait été libre. (193)

시몬느는 결국 스스로 목숨을 끊은 극단적인 행위를 통해 겨우 자신을 지배하던 남자의 '올가미와 그물'로부터 해방된다. 이는 노예로 남겨진 다수 이주 여성의 가혹한 운명이기도 하다. 라일라는 시몬느의 죽음을 통해 프랑스에서도 아프리카 이주 여성은 출신국에서 이뤄지던 성적 차별의 대상이 되며 스스로 물질적·정신적 투쟁을 통해 정체성을 찾지 않는다면 힘있는 남성들의 폭정에 의해 노예로 남겨지는 여성의 굴레에서 벗어날 수 없다는 것을 깨닫게 된다. 여성의 독립적 정체성의 문제는 과거 유럽의 식민지 출신 흑인 여성에게만 적용되는 것이 아니다. 파리 외곽에 불법 거주지를 이루고 사는 집시 여성들도 아프리카의 여성들과 별반 다르지 않은 불행에 시달리고 있다는 것을 라일라는 목격하게 된다. 한 집시 여인이 빈곤 때문에 유복한 프랑스 부부에게 이름도 짓지 않은 자신의 갓난쟁이 딸을 불법 입양하도록 돕는 동안, 라일라는 모로코에서 불행했던 자신의 과거를 되새기게 되며, 이주여성들이 처한 인권이 유린되고 도덕이 무너진 현실은 소위 문명화된 유럽에서도 동일하다는 것을 깨닫게 된다. 아프리카에서도 유럽에서도 가난한 유색 이주 여성의 권리와 인격은 무참하게 짓밟혔다.

> 나는 주아니코에게 말했다. "들어봐. 만약 저 여자가 정말로 자기 딸을 팔고 싶어한다면, 내가 살 사람을 알고 있다고 전해줘." 나는 목멘 목소리로 그 말을 했다. 예전에 내가 유괴되었을 때 누군가가 같은 말을 했을 것이고, 랄라 아스마도 그 말에 "내가 그 아이를 사겠어요."라고 같은 대답을 했을 것이라는 생각이 들었기 때문이다. (189-191) J'ai

dit à Juanico : "Écoute, si vraiment cette femme doit vendre sa fille, je connais quelqu'un qui l'achète." J'ai dit ça avec la gorge serrée, parce que je pensais en même temps que quelqu'un avait dû dire la même chose autrefois, quand j'avais été volée, et que Lalla Asma avait dû répondre, elle aussi : "Moi je peux l'acheter." (199)

신대륙으로 이주한 라일라는 또다시 낙담하게 되는데, 남성 지배적 성문화는 '자유의 땅' 미국에서도 의존적 여성의 삶을 강요하게 된다. 성적 폭력의 희생자인 라일라와 자신 보다 가해자인 남자친구를 옹호하는 태도를 보이는 새라는 라일라가 모로코에서 만난 후리야, 그리고 파리에서 만난 시몬느와 별반 다르지 않으며, 스스로 독립하지 못한 여성들의 불행한 삶이 세계 도처에서 되풀이되고 있다는 사실을 증언한다. 새라는 성추행을 당한 라일라를 외면하고 저프를 선택하는데, 이러한 새라의 반응은 남성의 성적 폭력의 희생자인 라일라와 자신보다 가해자인 남자친구를 옹호하는 행위이다. 이는 기존의 남성 지배적 성문화에 길들여진 여성의 반응으로 새라 역시 불행한 현실을 거부하는 의존적 여성의 삶을 살고 있다. 라일라가 모로코에서 만난 후리야, 그리고 파리에서 만난 시몬느와 같은 여성들의 의존적 삶과 별반 다를 바 없는 것이다.

나는 위험한 사람들은 마르시알이나 아벨이나 조라나 들라예 씨가 아니라는 것을 깨달았다. 위험한 사람들은 그들의 희생자들이었다. 그들은 동조자이기 때문이었다. 만약 사람들이 우리와 그들의 행복 사이에서 선택을 해야 한다면 결코 우리를 선택하지 않을 것이라는 것도 깨달았다. (218) J'avais compris que ce n'est pas Martial, ou Abel, ou Zohra, ou M. Delahaye qui sont dangereux, ce sont leurs victimes qui sont dangereuses, parce qu'elles sont consentantes. J'avais compris que si les gens ont à choisir entre toi et leur bonheur, ce n'est pas toi qu'ils prennent. (224)

라일라 역시 그녀들과 별반 다르지 않은 유색 이주 여성의 인생의 한계를 맛보게 된다. 그동안 가장 소중하게 여기던 파농의 책까지 버리고 미국의 황량한 대도시를 표류하기 시작한다. 이러한 라일라의 새로운 방황은 그녀가 파농과 세제르의 탈식민주의 이론의 도움으로도 자신의 진정한 정체성을 찾을 수 없었다는 것을 암시한다. 파농은 피식민지인이 자신의 정체성을 수립하기 위해서는 기존의 식민지 역사로 인해 생성된 부정적 자아를 파괴하고 자유로운 주체로 재탄생하기 위한 용기와 자긍심을 회복할 기회가 필요하다고 주장하며, 그 해결책으로 탈식민화와 계급 혁명을 동시에 이루기 위한 폭력적 봉기를 제시한다. 세제르의 네그리튀드 운동 역시 아프리카인들의 인종적 자긍심을 회복하기 위해 아프리카 문화 가치 회복 운동을 주장하고 그 해결책으로 탈식민화와 계급 혁명을 동시에 이루는 정치 활동을 강조한다. 하지만 파농과 세제르의 탈식민주의는 과거의 마르크스주의 계급투쟁의 설득력이 사라진 현실에서 시대적 한계를 가진다. 라일라 역시 파농과 세제르가 제시하는 폭력을 동반한 정치·사회적 투쟁을 한 것은 아니며, 그들의 탈식민주의의 이론적 실천을 다했을 뿐이라고 판단된다.

게다가 라일라가 미국에서 또다시 방황하게 된 이유는 그녀가 아프리카 흑인이기도 하지만 동시에 이주 여성이기 때문이다. 다시 말해 파농과 세제르의 탈식민주의 담론의 실천으로 아프리카 흑인으로서의 왜곡된 흑인성은 극복할 수 있었지만 이주 여성이라는 한계와 차별은 극복하지 못한다. 라일라가 진정한 자아를 찾기 위해서는 여성으로서의 성정체성을 회복시킬 필요가 있다. 라일라의 디아스포라에서 성정체성의 회복은 버틀러가 제안하는 젠더론에서 강조된 수행성(performativity) 개념을 통해 보다 더 적극적으로 해석해 낼 수 있다. 버틀러는 젠더정체성과 수행성을 연구하면서 젠더란 선천적인 정체성으로 존재하지 않기 때문에 재현적인 것이 아니라, 배우가 무대 위에서 행하는 퍼포먼스와 같이 자신의 행동을 수행하면서 또는 화행의 언어 이론에서 발화 행위가 언어관습과의 암묵적 관계를 통해 일련의 결과를 얻어 내는 것처럼 가변적으로 구성된다고 주장한다(2008). 수행성은 한 번의 행위가 아니라 반복적이고 의례적인 행위이며, 이 행위는 일부 문화적으로 유지된 시간적 지속성으로 이해되는 동시에 몸의 맥락에서 몸의 자연화를 통해 그 효과를 획득한다고 버틀러는 정의한다. 젠더는 무엇보다도 '반복된 몸의 스타일 만들기'이고, 대단히 규제적인 틀 안에서 '반복되어온 행위'라고 설명하는 버틀러는 정체성은 한 개인에게 문화와 사회가 주입하는 허구적 구성물이라고 주장하면서, 섹스나 섹슈얼리티도 젠더라고 말한다. 버틀러의 수행성 개념은 사회적, 문화적 의미를 보여주고 생산하는 다양한 방식들이 개인의 정체성에 미치는 영향을 강조하기 때문에, 정체성의 성격과 그 정체성이 어떻게 산출되는가의 문제, 사회적인 규범의 기능, 개인과 사회 변화 사이의 관계 등에 질문을 제기한다.

버틀러의 젠더 논의를 확장하자면, 『황금물고기』에서 라일라의 성 정체성은 사회와 문화가 강제하는 경험을 그녀가 반복적으로 수행하면서 만들어낸 내면화된 결과이다. 모로코, 프랑스, 미국으로 이어지는 이주 내내 그녀는 남성지배구조 사회에서 일방적으로 핍박받는 희생자로서의 여성적 경험을 반복적으로 수행하게 되고, 그 결과 굴복적이고 파괴된 여성의 몸을 간직하게 된다. 동등한 동반자로서의 남녀 관계를 경험하지 못한 라일라는 연예, 결혼 등의 성공적 관계를 형성하지 못하며, 어머니의 사랑을 받지 못하고 가정을 알지 못하는 그녀는 스스로 어머니로서 책임과 의무를 저버리게 된다. 라일라는 마약, 음주, 불륜 등 방탕하고 무절제하고 분열적인 삶을 살게 되고 그 결과 뇌척수 계통의 열병을 앓아 임신한 아이까지 유산하게 된다. 올바로 사랑하는 방법을 배우지 못하고 자존심을 발전시킬 기회를 얻어보지 못한 그녀는 자신이 여전히 힘없는 아프리카 흑인 여성에 불과하다는 자기혐오로 인해 스스로를 세상으로부터 고립시키게 된다.

자아에 대한 인식이 붕괴된 채 정처 없이 떠돌게 된 라일라는, 파리의 거리에서 마치 바퀴벌레처럼 어둠 속을 방황했던 것처럼, 미국의 대형 종합상가 구석구석을 돌아다니며 철저한 소외와 고립으로 실재하지 않는 존재로서 부유한다. 르 클레지오는 주인공의 눈을 통해 대도시의 비인간적인 면모를 비판하는데, 대형쇼핑몰은 서구물질문명의 상징물로 비인간적 공허이며 추상적이고 불모의 규칙이 지배하는 장소로 그린다. 상업주의가 지배하는 서구 도시에서 라일라처럼 소외된 개인은 철저히 잉여의 존재이다. 그녀는 체류국의 현실에서도 깊이 소외되어 있기에, 자신의 정체성에 근본적인 혼란을 계속 겪는다. 미국에서 이렇게 방황하던 그녀를 구해 준 것은 어린 여자아이의 눈빛이었다. 자신의 과거를 떠올리는 소녀의 희망찬 눈빛에 기대어 라일라는 피아노를 연주하게 되고, 주술적 의식과 같은 격정적 연주를 통해 자신을 짓누르던 과거의 망령에서 벗어난다. 라일라는 자신만의 연주를 통해 자신의 과거와 현재를 되돌아보게 되고, 진정한 자유를 찾기 위해 다시 떠날 준비를 한다.

> 이제 나는 나 혼자만을 위하여 연주하는 것이 아님을 분명히 깨달았다. 나의 연주는 나와 함께 있던 모든 사람들, 지하 거주자들, 자블로 거리의 차고에서 살던 사람들, 나와 함께 배를 탔고 발레 드 아랑 도로를 자동차로 달렸던 이주자들, 더 멀리로는 강어귀에서 배를 기다리며 조만간 무엇인가가 자기들의 삶을 바꿔주리라고 믿는 것처럼 하염없이 수평선을 바라보던 수이카와 타브리케트 천막촌의 주민들, 그 모든 이들을 위한 것이었다. (282) Ce n'était pas seulement pour moi que je jouais maintenant, je l'avais compris : c'était pour eux tous, qui m'avaient accompagnée, les gens des souterrains, les habitants des caves de la rue du Javelot, les émigrants qui étaient avec moi sur le bateau, sur la route de Valle de Aran, plus loin encore, ceux du Souikha, du Douar Tabriket, qui attendent à l'estuaire du fleuve, qui regardent interminablement la ligne de l'horizon comme si quelque chose allait changer leur vie. Pour eux tous, ... (286-287)

『황금물고기』에는 이주 여성들의 연대, 자매의식이 잘 드러난다. 선진국 출신이든 경제적인 후진국 출신이든 세상의 모든 여성이 협력할 수 있고, 특히 자아 정체성을 구축하는 시기 서로의 차이(국적, 인종, 경제, 문화적 차이 등)를 극복할 수 있다(통 2010:330). 라일라는 이주 여정에서 만난 다수 여성의 도움과 연대를 통해 빈민·흑인 여자 노예라는 굴레를 극복하고 주체적 정체성을 구축하여 진정한 자유를 쟁취한다. 마그레브 사회에서 가장 하위층을 이루는 타가디르와 후리야는 자기들처럼 노예로서의 삶을 살아갈 라일라가 빈민가에서 벗어날 수 있도록 교육의 기회를 제공한다. 상류층의 주인들과 달리 라일라를 지배하려 하지 않고 그녀에게 폭력을 가하지 않는 여성 동지이며 성차별과 경제적 차별로 가속화되는 처참한 운명에서 소녀를 벗어나도록 돕는다.

> "너는 우리처럼 되어서는 안 돼. 변호사나 의사 같은 뭔가 중요한 일을 하는 사람이 되어야지. 우리 같은 허드렛일이나 해서는 안 된단 말이야." 나는 그녀들이 왜 그런 말을 하는지는 알 수 없었다. 여하튼 내가 누군가와 결혼하기를 원치 않는 사람들은 그들이 처음이었다. (74) "Tu ne dois pas devenir comme nous. Tu dois être quelqu'un d'important, comme le *taleb*, le *doctor*. Pas la *khedima* comme nous." Je ne savais pas pourquoi elles disaient ça. C'était la première fois qu'on ne voulait pas me marier à quelqu'un. (81)

라일라에게 음악을 가르쳐 주는 시몬느와 새라 역시 흑인 여성들 간의 자매적 연대라고 볼 수 있다. 또한 미국에서 병에 걸린 라일라를 간호해주고, 선물로 받은 파농의『대지의 저주받은 자들』에서 음반계약서를 찾아내, 라일라에게 모국으로 돌아갈 기회를 되찾아 준 인물 역시 현지 원주민 출신 여성 간호사 나다 샤베즈이다. 각국에서 핍박받는 유색 여성 이주자들은 과거부터 계속된 식민지화의 비극적 결과를 보여주는 산증인들인 동시에 그들의 연대는 역설적으로 탈식민지화의 과정에서 그 한계를 극복할 수 있다는 희망으로도 제시된다.

20세기 초엽의 탈식민지 운동이 남성적 국가의 개념을 중심으로 한 영토와 사회적 계급투쟁 등의 문제를 중요하게 다루었다면, 신식민지 시대의 반세계화 운동 투쟁의 핵심에는 소녀와 여성들의 신체와 노동 문제가 핵심문제로 주목을 받고 있다. 세계화를 표방하는 자본주의가 발달하면서, 절대적인 이윤추구를 위해 인간을 단순한 노동자본으로 여기는 시장에서 가장 쉽게 착취당하는 계층이 여성-특히, 빈곤 유색여성이라는 문제를 직시하고, 이 여성들의 인권을 되찾기 위한 운동이 시작된 것이다.

> 여성과 소녀들의 신체가 민주주의를 결정한다. 폭력이나 성적학대로부터 벗어나, 영양결핍이나 환경의 악화로부터 벗어나, 자신의 가족을 자유롭게 꾸리거나 가족을 꾸려야 하는 것으로부터도 해방되어, 자신들의 성생활이나 성적 선호를 자유롭게 선택하면서 여성과 소녀들의 신체는 민주주의를 결정한다. (모한티 2005:363)

르 클레지오는『황금물고기』에서 생활의 터전에서 추방된 이주 여성들은 생존 자체가 사회가 용인하는 법과 도덕의 금지선-국경을 초월한 인신매매-을 넘나드는 상황에 놓이게 되며, 지배 문화에 속하지 못하는 이주민은 전 세계적 비극이라고 주장한다. 이 소설은 아프리카 흑인 여성의 이주를 통해 세계적으로 문제가 되는 성차별, 인종차별, 경제 차별의 모든 중요한 이슈들을 다루고 있다. 제목처럼 '빛나기 때문에 소유하고 싶은 대상'으로 상품화되는 아프리카 흑인 여성이 '가치있는 자유로운 주체'로 성장해가는 투쟁을 통해 새로운 운명을 개척하는 희망을 보여 준 것이다. 르 클레지오는 『사막』, 『오니샤』, 『허기의 간주곡』 등 다수의 작품에서 이미 가장 취약한 인간에 대한 공감과 이해를 표현했으며 식민주의와 인종차별로 인한 불공정한 노예화에 대한 강한 비판과 그리고 아동 착취 등의 문제를 다루어 왔다. 2010년 국제문화와 평화를 위한 재단을 설립한 르 클레지오는 같은 해 모리셔스 대학에서 다음과 같이 말한 바 있다. "인종은 존재하지 않는다. 성별과 신장 또는 피부색에 무관하게 각자 다양하고 특별한 재능을 가진 사람들로 이뤄진 오직 한 종의 인류가 존재할 뿐이다."(Paştin 2010:52 재인용·)

르 클레지오가 꿈꾸는 인류의 유토피아는 21세기 탈식민주의 페미니즘이 희망하는 미래의 청사진과 비슷하다. 즉 인간의 행복을 위한 경제적 안정, 환경의 지속, 인종 간의 평등, 부의 재분배 등이 갖춰진 세상이며, 여성과 남성이 모두 안전하고 건강하게 통합되는 상황에서 자유롭게 창조적인 생활을 누릴 수 있는 세상이다. 이를 구현하기 위해서는 "참여라는 민주적 원칙 그리고 합리성을 합당한 자리로 돌려놓는 전략이 필요하며, 무수한 경계들의 최전선에서 그리고 수많은 각기 다른 공동체 속에서 억압적으로 지배하는 체제에 맞서기 위한 조직이 필요하다." (모한티 2005:17)

4. 결론

노예의 굴레를 피하고자 아프리카 대륙을 떠나 유럽으로 다시 미국으로 이어지는 라일라의 여정이 과거 흑인 디아스포라의 여정이 었다면, 아프리카로의 회귀는 주인공 자신의 왜곡된 흑인성을 극복하고 진정한 정체성을 회복하는 여정의 완성이라는 점에서 르 클레지오가 『황금물고기』를 통해 아프리카를 문명의 발상지인 동시에 미래의 희망을 발견하는 종착지라는 메시지를 전달하고 한다는 것을 알 수 있다. 르 클레지오가 희망하는 유토피아는 현대 물질문화와 거리가 먼 원시 시대 자연이 보존된 아프리카의 사막 같은 문명이기 때문이다. 라일라가 자신이 태어난 곳, 즉 아프리카의 사막으로 귀환한다는 의미는 지리적 장소로의 회귀라기보다는 그녀가 아프리카 흑인 여성으로서의 정체성을 완성하는 과정의 일부로 해석할 수 있다. 라일라는 비록 자신이 직접 기억하지는 못하지만, 그녀의 문화적 정체성의 기반이 되어주는 사막 부족의 기억이 살아 있는 장소에서, 자신의 역할 즉 아프리카의 고유한 문화의 과거와 미래를 잇는 연결고리로서의 자신의 소명을 깨닫게 된다. 인간과 자연 간의 조화가 이뤄지는 이 사막에서는 태고와 현재가 만나며, 생명, 죽음, 시간이 공명하는 장소이기 때문이다. 라일라가 마치 물고기가 산란

지로 회귀하듯이 의식적 기억도 없는 자신의 부족을 찾아 귀향하는 과정은 그녀가 잃어버린 그리고 잊어버린 어머니와 가족에 대한 향수이며 원초적 결핍에 대한 보상을 찾으려는 행위이다.

이제 나는 마침내 내 여행의 끝에 다다랐음을 안다. 어느 다른 곳이 아니라 바로 이곳이다. 말라붙은 소금처럼 새하얀 거리, 부동의 벽들, 까마귀 울음소리. 십오 년 전에, 영겁의 시간 전에, 물 때문에 생긴 분쟁, 우물을 놓고 벌인 싸움, 복수를 위하여 힐랄 부족의 적인 크리우이가 부족의 누군가가 나를 유괴해간 곳이 바로 이곳이다. 바닷물에 손을 담그면 물살을 거슬러 올라가 어느 강의 물을 만지게 되는 것이다. 이곳에서 사막 먼지에 손을 올려놓으며, 나는 내가 태어난 땅을 만진다. 내 어머니의 손을 만진다. (294) Maintenant, je sais que je suis enfin arrivée au bout de mon voyage. C'est ici, nulle part ailleurs. La rue blanche comme le sel, les murs immobiles, le cri du corbeau. C'est ici que j'ai été volée, il y a quinze ans, il y a une éternité, par quelqu'un du clan Khriouiga, un ennemi de mon clan des Hilal, pour une histoire d'eau, une histoire de puits, une vengeance. Quand tu touches la mer, tu touches à l'autre rivage. Ici, en posant ma main sur la poussière du désert, je touche la terre où je suis née, je touche la main de ma mère. (298)

어머니로 상징되는 태생적 관계는 한 개인의 생존의 기초가 되는 안정감과 자신감을 가지게 해주며, 조상으로부터 전해지는 전통을 어머니를 통해 전수받게 해주고, 혈족과의 결속과 소속감으로부터의 따뜻함과 보호의 감정을 받을 수 있게 해준다. 라일라는 고향 아프리카의 부족 마을에 돌아옴으로써 조화롭고 자유로운 질서 속에서 영혼의 평온함을 찾게 된다. 납치로 인해 망각된 자신의 태생을 되찾은 라일라는 흑인 노예로서의 과거-이주 여성의 도주-를 청산하고 진정한 자유인으로서의 새로운 미래를 꿈꿀 수 있게 된 것이다. 15년의 이주의 세월을 겪은 후에야 다시 돌아오게 된 아프리카 사막에서 라일라는 이름-혹은 명명-에 대한 미련을 버리게 되며, 본명을 되찾으려고 노력하지 않게 된다. 라일라에게 진정한 자유와 정당한 인권을 보장해 준 나라는 모로코도 프랑스도 미국도 아니었다. 라일라가 이주를 계속하게 된 이유는 그녀를 노예로 소유하거나 지배하려 하지 않고 진정으로 존중해주는 사람들을 만날 수 있는 미지의 장소를 찾기 위해서였다. 그녀를 해방시켜 준 것은 특정 나라의 사람들이 아니며, 그녀가 오직 홀로 음악을 통해 자신을 세우고 자신의 역사를 재구축하는 과정을 통해 자유를 찾게 된 자아정체성이다. 라일라가 검고 연약한 아프리카 출신 이주여성이라는 한계를 극복하고, 폭력적 차별과 고립 문제를 이겨낼 수 있었던 것은 그녀가 가진 삶에 대한 열정과 자유를 갈망하는 강한 의지력 덕분이었다. '황금물고기'라는 제목은 주인공 라일라의 고향인 아프리카 대륙이 가진 근원적인 가치를 상징한다고 볼 수 있다. 아프리카 대륙은 황금의 땅, 자원의 땅, 원시 자연의 보고이다. 또한 '황금물고기'는 여성이 가지는 창조 능력, 문화적 포용력, 화합의 역할을 상징하기도 한다. 모든 인류 기원의 땅으로 볼 수 있는 아프리카에서 태어난 라일라가 백인 남성 식민지배자들의 대륙을 거치면서 자신 안에 감춰진 강인한 삶에 대한 열정과 희망의 에너지를 찾아서 다시 아프리카로 귀환하는 여정은 한 소녀 개인의 성장인 동시에 이주 여성의 성공담이다. 라일라는 이제 아무도 포획할 수 없는 황금물고기가 되어 새로운 희망의 세상으로 첫발을 내딛는다. 그녀의 다음 이주지는 어디라도 상관이 없다. 이제 라일라는 방황하지 않을 것이므로.

이 소설의 귀환 구조의 의미는 사회, 정치적 맥락에 의해 강요된 이주를 시작했던 피식민지의 여성이 자신의 힘으로 정신적, 경제적 힘을 키워 자립한 뒤 자기 결정에 의해 본국으로 귀환할 수 있었다는 점에서 그 의의를 가진다. 라일라는 모국으로 돌아갈 권리를 획득할 수 있었고, 세계 그 어디에도 자신이 원한다면 떠나거나 혹은 다시 그곳에 정착할 능력을 소유한 여성으로 그려진다는 점에서, 라일라가 아프리카 사막으로 귀환하는 결말이 의미하는 바는 바로 이런 21세기 이주 여성의 새로운 시대를 연다는 것이다. 『황금물고기』의 결론은 명료하며 유의미하다. 역사 속 식민지 출신의 '대지의 저주받은 자들' 중 한 명인 라일라가 제국주의의 종주국인 프랑스와 미국으로 이어지는 과거 노예무역의 행로를 밟아 이주했으나, 독립되고 성숙한 자유인, 성공한 음악인, 성인 여성으로서의 정체성을 회복한 뒤 고향으로 귀국한 것이며, 앞으로도 세상 어디로든 떠날 수 있는 선택의 권리와 독립적 삶에 대한 의지를 충분히 표명하고 있다. '자발적 유배자'인 저자 르 클레지오가 꿈꾸는 이주 여성의 미래는 '자유인'으로서 '사랑의 시대'(252)에 들어가는 희망찬 결말이다.

모로코 연작 속 시원 탐색과
주체성 회복을 위한 귀향

─

『사막』과 『하늘빛 사람들』 그리고
『황금물고기』의 이주기

르 클레지오는 인간의 고유한 정체성을 표현해 주는 수단으로 그리고 각자의 의견을 표현하고 서로 교류하는 방법으로 문학의 의의를 강조한 바 있다. 또한, 작가는 현실의 어려움을 극복하기 위한 꿈을 꾸는 도구로서 문학을 강조하면서, 이러한 문학의 혜택을 누릴 수 없는 경제적, 언어적, 문화적 약자들의 목소리를 충분히 들을 수 없는 현실을 비판하고 이를 극복하기 위한 노력을 촉구한다. 르 클레지오는 서구유럽 중심의 문화 지배 그리고 영어와 미국 중심의 세계화에 저항하면서, 자신의 작품세계를 통해 발언의 기회와 자유가 없는 사람들의 목소리를 대변하기 위해 노력해 왔으며, 시대를 초월한 신화나 전설을 재현하고 아프리카와 아메리카 등지 원주민들의 이야기를 문학으로 담으면서 문화의 다원성과 혼종성을 추구해 왔다. "탈식민주의의 시대인 오늘날 문학은 동시대 사람들이 자신의 정체성을 드러내는 도구로 다양성을 인정받기 위한 발언의 기회를 제공한다. 이러한 다양성을 존중하는 세계 문학이 없다면 우리는 침묵의 세상에서 살게 될 것이다."(Le Clézio 2008).

또한, 식민주의 시대를 경험한 르 클레지오는 승전한 지배자들의 공적 역사서에서 배제된 피지배자의 입장에서 역사적 사건을 기록함으로써 탈식민주의라는 작가정신을 표현해 왔다. 그 기저에는 작가와 그의 가족이 제국주의 전쟁의 피해자이며, 세대를 거쳐 전쟁을 피해 대륙을 건너는 이주를 경험하는 과정에서 만들어진 르 클레지오만의 독특한 문화적 정체성이 있다. "나에겐 특정 국가에 한정된 뿌리가 없다. 그저 내가 상상한 선조의 근원지가 있을 뿐이다. 난 그저 추억만 간직하고 있다."(Thibault 2009:223 재인용). 국가나 문화의 틀에 얽매이지 않는 '유목민'으로 자칭하는 르 클레지오는 자신과 가족의 기억을 토대로 창작한 자전적 문학작품을 통해 정체성에 대한 탐구를 수행하면서 동시에 전쟁의 역사 속 목소리가 없었던 난민들의 기억을 기록으로 남기는 작업을 수행해 온 것이다. 다시 말해 르 클레지오는 강자의 역사에 가려진 피해자들의 기억을 구체화하여 문학의 기록으로 남기고, 또한 이를 계기로 서구유럽 중심의 가치관에 의해 왜곡된 판단을 받는 '비주류' 문화에 대한 재평가를 시도하고, 식민지 시대에 대한 역사적 반성을 촉구하며, 현재까지 계속되는 난민과 이주민 문제를 공론화하는 작업을 진행하고 있다.

르 클레지오가 1980년에 발표한 『사막Désert』은 억압당하는 자들의 관점에서 역사를 증언하는 작가의 참여문학적 특징이 잘 드러난 작품이다. 작가는 이 소설에서 프랑스 정부에 의해 행해진 모로코 정복 전쟁 시기 사하라 사막 청의민족(hommes bleus)의[1] 항전 기록과 그

---

1   르 클레지오는 『사막』에서 마 엘 아이닌을 따르던 사막 유목민을 'hommes bleus'라고 칭하고,

후손의 경제적 디아스포라에 대해 그리고 있다. 르 클레지오는 유목민 선조 '마 엘 아이닌(Ma el Aïnine)'의 전설과 후손 '랄라(Lalla)'의 이주 이야기를 교차시키면서, 역사 권력의 그늘에 위치하는 '희생자'의 기억을 문학을 통해 역사적 기록으로 재현하고 있으며, 랄라의 이주 서사를 통해 프랑스 사회의 이주민 문제에 대한 관심을 촉구한다는 점에서 사회적 공론화의 의의를 가진다고 볼 수 있다. 르 클레지오는 청의민족 후손의 이주를 다룬 또 다른 소설 『황금물고기Poisson d'or』를 1996년 발표하고, 『사막』의 배경이 된 모로코 사하라를 방문한 기행문 『하늘빛 사람들Gens des nuages』을 그 이듬해에 출판한다. 이세 작품은 서사의 공간적 배경이 모로코라는 공통점이 있으며, 작중 인물들이 여정을 통해 인간의 실존적 질문에 답을 구하기 위해 노력하며, 청의민족의 과거와 현재 그리고 미래에 대해 증언하고 있다는 측면에서 모로코 연작의 통합적 연구가 필요하다.

모로코 연작의 첫 작품인 『사막』을 중심으로 후작 두 편을 비교 분석하고, 작가의 주제 의식을 명시하기 위해 아렌트가 제시한 '인간의 조건' 관련 개념을 활용할 것이다. 우선 『사막』과 『하늘빛 사람들』에 기록된 청의민족 서사를, 아렌트의 '이야기하기'와 '지구 소외' 논의를 참고하면서, 모로코 침략 전쟁 역사에 대한 비판과 시원과 신역에 대한 탐색과 복원을 중심으로 분석할 것이다. 이어서 『사

기행문에서 'gens des nuages'이라고 부르고, 『황금물고기』에서는 고유명사 'clan des Hilal'로 명시한다. 이 세 작품의 역서에는 각각 '청색인간'과 '푸른투사'로, '하늘빛 사람들' 그리고 '힐랄 부족'로 번역되어 있다. 이 글에서는 유목민들의 푸른 나염 옷에서 기원한 명칭이므로 '청의민족(靑衣民族)'으로 지칭한다.

막』과 『황금물고기』의 이주 서사와 주인공을 비교하면서 아렌트의 '활동적인 삶'의 개념을 활용하여, 두 인물의 정체성 형성과 정치적 행위에 대해 명시할 것이다. 마지막으로 르 클레지오가 추구한 참여 문학과 이주민 소외 문제의 공론화 노력에 대해서 주목할 것이다.

1. 『사막』과 『하늘빛 사람들』의 청의민족 서사 : 식민지화 역사 비판과 시원과 신역의 탐색

르 클레지오는 『사막』과 『하늘빛 사람들』에서 20세기 초 청의민족의 항전 역사를 기록하고 희생자들의 목소리를 전달하는 서사를 증언하고 있다. 이러한 기록을 통해 공식적 역사서에서 누락된 유목민의 비극적 기억을 문헌으로 남기는 의의를 지니며, 동시에 과거 식민지 범죄에 대한 반성을 촉구하는 의미를 가진다. 역사의 비극적 사건을 문학작품으로 옮기는 서사 속에는 사건의 배경이 되는 사회적 맥락이 같이 제공되며 작가의 역사적 분석과 도덕적 평가도 추가된다. 르 클레지오는 식민 전쟁 중 벌어진 인종 학살이라는 역사적 사건을 추상적이고 중립적인 묘사가 아니라, 그것을 경험하는 인물들의 시선에서, 감정과 분노의 맥락 속에서 묘사하고 있다.

르 클레지오는 모로코 연작에서 사막이라는 공간을 시원(始原)과 신역(神域)으로 그리고 있다. 즉, 인류 문명의 근원지 중 하나이며, 유목민들의 신앙이 살아있는 장소가 사막이다. 따라서 시원과 신역이란 용어는 단순히 장소에 한정되는 것이 아니라, 그 공간에 존재하는 신성함(spiritualité)과 종교성(religiosité)을 포함한다. 작가는 『사막』에서 마 엘 아이닌이 이끄는 청의민족의 사막 횡단을 몽환적이고 환상적인 서사로 전설을 이야기하듯 서술하는 형식을 사용함으로써 그들의 종교적 믿음과 정신적 세계를 형상화하는 서사를 완성한다. 사하라 사막은 시원과 신역의 공간으로 조명되며, 유목민들은 척박한 자연 환경 속에서 구도의 자세로 두려움과 고통과 이기심을 극복하는 법을 배운다. 자연과 인간이 하나가 되는 조화로운 삶의 방식에서 유목민들은 진정한 정신적 자유를 얻는다는 교훈을 이 소설에 담고 있다.

▶ 『사막』 : 식민지화 역사 비판과 몽환적이고 환상적인 서사

르 클레지오는 근현대사의 수많은 전쟁과 난민들의 고통에 대해 증언해 왔으며, 경제 강대국들이 자행하는 약소국들에서의 자원 약탈과 환경파괴 그리고 문화적 다양성 위협의 문제들을 다수의 작품에서 조명하고 있다. 특히 『사막』에서 작가는 모로코 사하라 사막에 거주하는 청의민족의 저항 사건들을 문학적 서사 속에서 기록하고 있다. 어린 소년 '누르(Nour)'의 관찰자 시점으로 진행되는 청의민족 서사는 20세기 초 프랑스 군대가 모로코를 침략하여 사막 유목민을 학살하는 과정을 담고 있다. 저자는 전설적 인물 마 엘 아이닌이 사막의 부족들을 결속하여 침입군에 맞서 싸우는 과정을 그리면서, 영적인 지도자의 신비로운 행적을 기록하고 청의민족의 신화에 대한 존경을 표현한다. 또한, 르 클레지오는 유목민들의 역사적인 저항 사건을 서술하는 과정에서, 그 사회적 배경이 되었던 유럽 열강의 모로코 식민지배 과정을 동시에 비판하고 있다. 식민지 쟁탈을 원하는 침략자들은 주술과 기도라는 청의민족의 '미개한' 문명을 제거하기 위해, 기독교의 선교를 위한 '신성한' 전쟁을 치른 것이라고 변명했다. 그리고 '감히' 유럽 군대에 맞서 저항군을 모집했다는 시도만으로도 유목민 전체를 몰살해야만 하는 대상으로 여겼다. 총기로 무장한 식민지 침략군은 이미 백기를 든 무장조차 하지 않은 유목민들을 주저 없이 사살하기 시작했다. 그 속에는 성인 남성뿐만 아니라 부족의 무리 뒤를 따르던 여자들과 아이들까지 무참하게 살상되었다.[2] 이는 작가의 윤리적인 가치 평가가 반영된 역사적 서술이며, 프랑스 군대가 금전적 목적으로 영토 확장 전쟁을 일으켰을 뿐이라는 르 클레지오의 비판이 담겨있다.

> 그리하여 1910년 6월 21일, 오늘, 흑인 보병대가 3명의 프랑스인 장교들과, 앞선 사복정찰관들과 함께, 길을 떠났다. 이 부대는 자따트 시를 떠난 다른 무리들과 만나기 위해서, 남쪽으로 사행(斜行)하였다. 늙은 족장과, 그의 거렁뱅이들을 체포하기 위해, 요새의 입구가 봉쇄되었다. (...) 총성이 다시 뜨거운 침묵을 찢고 뒤흔들어 놓는다. 모아니에 장군은 계곡 골짜기를 돌격하라는 명령을 내린다. 땅바닥에 무릎

---

2 르 클레지오는 『사막』에서 청의민족의 서사를 왼쪽 여백을 두는 페이지 레이아웃-여백과 글의 배치와 구성-의 특징으로 랄라의 이주 서사와 구분한다. 왼쪽 여백은 신화나 종교성서에 특징적으로 쓰이는 구성 방법이다. 저자는 『오니샤』에서도 무로에 여왕 신화 찾기 서사를 왼쪽 여백 구성으로 구분하면서 펭당의 이주 서사와 이중 서사 교차 구성을 완성한다. 이러한 다중 서사 교차 구조는 르 클레지오 작품 세계의 특징 중 하나이며, 『혁명』 등 다수의 작품에서 확인할 수 있다.

을 대고, 총을 쏘던, 세네갈인들은 총검을 앞세우고 달려나간다. 베니 무싸 부족은 12명의 흑인병사가 죽고, 수십 명의 시체를 땅바닥에 버려두고, 가시덤불 속으로 도망쳤다. 이제 세네갈 병사들은 계곡 아래쪽을 향해, 계속 돌격한다. 군인들은 도처에서, 푸른투사들을 격퇴했다. 그 푸른투사들은 사람들이 기대했었던 무적의 투사들이 아니었다. 그들은 누더기 차림에 덥수룩한 머리와 수염에, 무기도 없으며, 쩔뚝거리고 뛰어가다 돌바닥에 넘어진다. 오히려 야윈 거지들이라는 편이 더 알맞다. 태양에 타고 열병에 시달린 그들은 서로서로 부딪치며, 비탄의 고함소리를 내지른다. 세네갈 병사들은 살인적인 복수심에 사로잡혀, 그들에게 소총을 쏘아대고, 또 총검으로 찔러 그들을 붉은 땅속에 꽂는다. (사318-319)[3] Alors, aujourd'hui, 21 juin 1910, la troupe des tirailleurs noirs est en route, avec les trois officiers français et l'observateur civil en tête. Elle a obliqué vers le sud, pour rencontrer l'autre troupe qui est partie de Zattat. Les mâchoires de la tenaille se referment, pour pincer le vieux cheikh et ses loqueteux. (...) Les soldats débusquent des hommes bleus partout, mais ce ne sont pas les guerriers invincibles qu'on attendait. Ce sont des hommes en haillons, hirsutes, sans armes, qui courent en boitant, qui tombent sur le sol caillouteux. Des mendiants, plutôt, maigres, brûlés par le soleil, rongés par la fièvre, qui se heurtent les uns aux autres et poussent des cris de détresse, tandis que les Sénégalais, en proie à une vengeance meurtrière, déchargent sur eux leurs fusils, les clouent à coups de

---

3　『사막』은 원서(2012)와 역서(1988)에 준하며, (D쪽수)와 (사쪽수)로 출처를 밝힌다. 『황금물고기』는 원서(2009)와 역서(2009)에 준하며, (P쪽수)와 역서(황쪽수)로 출처를 표한다. 『하늘빛 사람들』은 원서(1997)와 역서(2008)에 준하며, (G쪽수)와 (하쪽수)로 출처를 밝힌다.

baïonnette dans la terre rouge. (D383-384)

르 클레지오는 침략국들이 어떻게 제국주의 이데올로기를 이용해 왔으며, 피해국들에 어떤 피해를 남기고 있는지에 대해 역사적 글쓰기를 진행해오고 있다. 프랑스와 영국을 대표로 하는 서구유럽 강대국들은 수 세기에 걸쳐 식민지 쟁탈전을 벌이고 수많은 반인륜적 범죄-노예무역과 강제노역 그리고 인종말살-를 저지르고도, 이루 헤아릴 수 없는 과거의 인권침해 행적들을 공식적 역사에서 배제해 왔다. 그리고 식민지 침략 전쟁과 학살을 부정하고 유럽의 합리주의와 과학실증주의 그리고 기독교 전파를 앞세운 '문명화 사업'을 실시했다는 자기구제적 변명을 계속해왔다는 사실을 르 클레지오는 다수의 작품에서 일관성 있게 비판해 왔다. 또한, 현재까지도 진행 중인 선진국들에 의한 약소국 대상의 경제 · 외교적 지배와 그 폐해-지나친 자원 생산을 위한 환경파괴 그리고 다양성을 저해하는 획일화된 문화의 세계화 문제를 지적하고 있다. 아렌트는 『인간의 조건』에서 역사를 인식하고 이해하는 방법론으로 '이야기하기'[4]

---

4 아렌트는 고대 그리스의 역사 서술이 이야기 형식의 설명을 통해 전개되었다는 점을 지적한다(2015:242-261). 그리고 인간의 유한성을 극복하기 위한 연속성과 불멸성의 환상을 창조한 결과로 다양한 비극이라는 역사적 유산을 남겼다고 설명한다. 다시 말해 이야기하기는 유한성이라는 인간의 조건을 극복하기 위해 인간의 위대한 행적에 대한 기록을 통해서 불멸성을 확보하고 그것을 기억하고자 하는 고대의 집단적 노력이었다는 것이다. 아렌트에 따르면 예술이나 넓은 의미의 시에 의해서 구성된 이야기들은 반복되는 이야기의 차원을 넘어서 역사적 사건의 진실을 보여준다. '이야기하기'의 개념에는 고대 그리스의 비극(희곡)부터 광의의 시 등을 포함한 서사화된 역사 관련 이야기를 지칭한다. 아렌트는 인간사의 '이야기하기'가 역사에 대한 총체적 이해를 증진한다는 장점이 있다고 주장한다.

를 선택하여, 특수한 사건들을 다룬 이야기들에서 역사적 설명을 찾고자 노력했다. "탄생에서 죽음 사이의 모든 개별적인 삶이 결국에는 시작과 끝을 가진 하나의 이야기로 말해진다는 사실은, 시작도 끝도 없는 커다란 이야기인 역사의 전 정치적(pre-political)이고 전 역사적(pre-historical) 조건이다."(2015:245) 그의 역사적 이해는 이야기의 망이 역사의 구조물을 이룬다는 믿음에 기초하고 있으며, 여기서 이야기들은 역사의 분석을 돕는 도구로서 기능한다고 설명한다. 다시 말해 개인들의 일생 이야기, 특히 역사적 인물들이 연루된 특수한 사건들을 소재로 한 이야기들을 연구 대상으로 삼은 것이다. 아렌트는 다양한 역사적 이야기 속에 위치하는 사건들의 내재한 보편적 의미를 찾아내는 연구 방법을 통해 역사를 이해하려고 노력했다.

아렌트의 이 같은 접근 방법은 벤느(Veyne)의 역사 서술에 관련된 논의(2004)와도 일맥상통한다. 벤느는 역사가 철저하게 인식 활동으로서 받아들여져야 하며, 인식 활동으로서 역사는 근본적으로 이야기(récit)에 의존하고 있다고 주장한다.[5] 벤느는 텍스트로서의 역사의 핵심은 무엇보다도 줄거리(intrigue)[6]를 이야기하는 데 있으며, 그것은 일종의 서사화(narration)라고 정의한다. 벤느에 따르면, 역사적 사건이란 줄거리를 통해서만 존재하며, 그에 부과된 상대적 중요성만을 지

---

5 리쾨르가 『시간과 이야기』*Temps et récit*에서 '정의한 이야기의 개념, 시간에 대한 인간적인 경험의 환원불가능한 형식이 이야기'이며, 시간은 이야기를 통해 표현될 때만 인간적인 시간이 된다(벤느 2004:572 재인용).

6 '줄거리'의 정의는 아리스토텔레스가 『시학』*Poétique*에서 '사건들을 이해 가능한 단일체로 결합해주는 시인의 구성물'이라고 정의한 것과 같다(벤느 2004:571 재인용).

닌다. 또한, 줄거리는 역사가가 이미 알고 있는 다양한 지식과 불완전한 자료들로부터 나온다. 사건을 줄거리 속에 삽입한다는 것은 그것을 이해할 수 있도록 진술하는 것이며, 유일무이한 단독자인 개체를 일반성 속에서 서술하는 것이기도 하다. 역사가의 임무는 이미 일어난 사건들을 특정한 줄거리 속에서 독자들에게 이해시키고 또 이야기하는 데 있다고 벤느는 설명한다.

물론 르 클레지오의 문학작품이 벤느의 역사 서술에 완벽하게 부합하는 것은 아니다. 다만, 역사를 이해하기 위해 '사건들을 줄거리 속에 위치시키는 이야기'를 다룬다는 점에서, 그리고 아렌트 역시 '역사적 사건을 다룬 이야기들'을 통해 인간사를 이해하려고 노력했다는 점에서 맥을 같이한다고 판단된다. 즉, 역사를 이해하기 위해 이야기 또는 서사를 활용한다는 점에서 아렌트와 벤느 그리고 르 클레지오의 역사적 글쓰기가 접점을 가지는 것이라고 볼 수 있다.

역사적 사건을 문학적 서사로 기록하는 과정에서, 작가는 그 사건에 관한 사회적 배경을 제공하고 도덕적 평가를 더하며, 결과적으로 문제의 시대를 경험하지 못한 독자에게 그리고 역사적 사건을 알지 못하는 독자에게 그 사건과 시대적 맥락에 대한 총체적인 이해를 도와준다. 즉, 문학을 통한 역사 서술의 장점은 작가가 역사적 사건을 서사의 맥락 속에서 위치시키고 이어서 사회적 배경과 관련된-사건의 발생 원인에 대해 질문하고 그 과정과 결과에 대한 평가 그리고 더 나아가 해결방안까지 고심하는-질문을 던질 수 있다는 점이다. 이를 통해 작품을 읽는 독자에게 역사적 사건에 대한 심도 있는 이해와 감정적 공유를 가능케 하고, 궁극적으로 역사적 평가를 새롭게 하거나 그 결과를 공적 담론으로 연결해줄 수 있다.

또한, 작가의 역사관과 가치관을 반영한 관점을 선택할 수 있으므로 역사적 사건을 평가하는 시선을 전복할 수 있다. 실제로 『사막』에서 르 클레지오는 프랑스 점령군과 사막 유목민 사이의 전투를 희생자인 청의민족의 시선에서 그리고 있다. 희생된 유목민들은 사막을 소유한다는 개념이 없으며 정복에 대한 욕구 자체가 없기 때문에 유럽 열강의 식민 지배욕의 희생자가 된 것이라고 르 클레지오는 주장한다. 작가의 증언처럼 "그의 투사들은 황금을 위해 싸운 게 아니었기 때문이다. 단지 그들은 축복을 위해 싸운 것이다. 그들이 방어하는 땅은 그들 자신에게도, 그 누구에게도 속하지 않는다. 그 땅은 그들의 시선이 자유로운 공간이며, 신이 내린 선물이기 때문이다."(사316) 청의민족은 사막을 신이 인간에게 준 선물이라고 여기기 때문에 신의 뜻에 따라 사막의 일부처럼 행동해 온 것이라고 르 클레지오는 평가한다. 프랑스 군대가 모로코 유목민을 학살한 행위를 정당화하는 데 쓰인 제국주의 이데올로기는 청의민족의 종교와 믿음이 '마술과 주술에 불과'하며, 그들의 '비이성적이고 비문명적인 야만'을 처벌하고 멸망시키는 것이 정당하다는 왜곡된 믿음에 근거한다. 이를 반박하고 싶은 르 클레지오는 청의민족의 역사적 사건을 담는 이야기를, 이성주의를 바탕으로 한 사실주의적 역사서술이 아니라, 유목민의 이슬람 종교관과 전설의 서사를 빌려, 전쟁 피해자의 시선에서 침략자의 부당한 폭력을 증언한다.

르 클레지오는 『사막』에서 청의민족의 서사를 몽환적이고 환상적인 서사로 전개하면서 마 엘 아이닌의 전설을 담고 있다. 작가는 청의민족이 사막을 횡단하는 과정을 서술하면서, 그들의 삶 속에 녹아 있는 이슬람 종교의 믿음을 반영한다. 르 클레지오는 유목민의 종교적 믿음과 정신적 추구를 표현하기 위해 구도(求道)를 위한 집단적 종교의례 장면을 길게 묘사하면서 기도문을 되풀이하여 들려준다.[7]

마 엘 아이닌이 '치크르'(기도문 : 역주)를 암송하기 시작했다. 멀리서 부르는 염소울음 같은 기이한 그의 목소리가 광장의 침묵 속으로 울려 퍼졌다. 그는 상체를 앞뒤로 흔들며 아주 나지막한 목소리로 노래를 부르고 있었다. 광장과 도시의 침묵, 사기에 엘 함라 계곡 전체를 뒤덮은 침묵의 근원은 사막의 공허한 바람 속에 있었다. 살아있는 동물의 목소리처럼 노인의 목소리는 낭랑하고 또렷하였다. (...) "신에게 영광이 있을지어다. 그는 유일하게 베푸시는 단 하나밖에 없는 주인이시며, 모든 것을 마시고, 보시고, 이해하시고, 명령하시도다. 선과 악을 주시는 그분께 영광이 있을지어다. 그분의 말씀은 우리의 유일한 피난처요, 인간들이 저지르는 악과 세상의 창조와 함께 만들어진 죽음과 병과 불행에 대항하는 것이 그분의 의지이며, 유일한 욕망이시니. (사45) Quand Ma el Aïnine commença à réciter son *dzikr*, sa voix résonna bizarrement dans le silence de la place, pareille à l'appel lointain d'une chèvre. Il chantait à voix presque basse, en balançant le haut de son corps d'avant en arrière, mais le silence sur la place, dans la ville, et sur toute la vallée de la Saguiet el Hamra avait sa source dans le vide du vent du désert, et la voix du vieil homme était claire et

---

7   레이 미모조-뤼이즈(2010:69)는 『사막』에서 청의민족의 기도문은 공식적 역사 속에서 침묵했던 사막 유목민들에게 표현할 권리를 주는 것이라고 해석한다.

sûre comme celle d'un animal vivant. (...) "Gloire à Dieu qui est le seul
donateur, le seul maître, celui qui sait, qui voit, celui qui comprend et
qui commande, gloire à celui qui donne le bien et le mal, car sa parole
est le seul refuge, car sa volonté est le seul désir, contre le mal que font
les hommes, contre la mort, contre la maladie, contre le malheur qui
ont été créés avec le monde ..." (D57-59)

이같이 반복되며 구전되는 기도문과 전설은 청의민족의 집단적
정체성을 공고히 하는 장치이며, 그들의 신념과 가치를 표현하고 구
체화하는 방법이다. 소년 누르는 마 엘 아이닌의 기도와 선조의 전
설을 반복해서 들음으로써 자신도 청의민족의 집단적 믿음과 전통
과 정체성을 수립해 간다(D368). 또한, 유목민의 전설은 청의민족의
기원과 그들의 거주지인 사막 그리고 그들이 숭배하는 도덕적 가치
를 도식화하고 예증한다. 르 클레지오는, 역사적 사건들과 함께 청
의민족의 전설을 재현함으로써, 유목민들이 실천하는 자연과 인간
과의 교류와 조화로운 삶의 가치에 대해 강조하고 시원의 자연과 신
성함에 대한 탐색을 표현하고 있다. 사하라 유목민들의 정체성은 그
들이 사막을 무한히 횡단하는 삶의 방식에 근거한다. 이렇게 시간과
세대를 초월해서 반복되고 이어지는 사막 횡단은 청의민족에게 여
행과 모험을 가져다주는 무한한 기회이며, 이 과정에서 사막의 일부
로 살아가는 존재 방식은 그들에게 세상의 주인이 인간이 아니라는
겸손과 겸허를 가르친다.

영원한 횡단의 과정에서 유목민들은 자연의 질서를 거스르지 않

으며, 사막 일부로 동화되는 삶을 살게 된다. 사막의 척박한 환경은 유목민들에게 신체적 고통을 주지만, 이를 극복하기 위한 기도와 정신적 수양을 통해, 자연과 신과 인간이 조화를 이루는 구도적 삶 속에서 진정한 자유를 누릴 수 있다. 사막 횡단은 자연과 유목민 사이의 종교적 의례행위와도 같으며, 사막은 신역으로 남는 것이다. 청의민족의 전통과 신앙은 인간과 자연이 교통하는 시원의 자연을 간직한 사막이라는 공간에서 생겨났으며, 이 사막은 유목민의 전설이나 신화를 포함한 정신적 세계가 펼쳐지는 공간이다. 르 클레지오는 『사막』의 마지막 문장을 "마치 꿈속에서처럼, 그들이 사라졌다."(사 363)로 마치면서, 몽환적이고 환상적인 청의민족 서사를 종료한다.

르 클레지오는 다수의 작품에서 서구유럽 문화가 아닌 다양한 문화권의 역사와 신화 그리고 전설을 기록하는 작업을 통해 독자에게 망각된 역사와 비서구 문화를 이해할 수 있게 도와주는 글쓰기 작업을 진행하고 있다. 작가의 주요 주제는 문화 다원주의이며, 차별 없는 인간평등사상과 전쟁의 역사를 비판하는 평화주의 그리고 생태주의라고 요약할 수 있으며, 일관성 있는 작품세계를 통해 이러한 가치관과 세계관을 펼쳐 오고 있다. 공적인 역사서에서 누락되었거나 또는 겨우 몇 줄로 요약되어 버린 피해자들의 역사적 사건들을 문학적 서사로 표현하는 르 클레지오의 역할은 상실된 과거의 연속성 속에서도 역사적 해석을 가능케 하는 서사의 형식을 통해 과거와 화해하고 더 나아가 과거를 극복할 수 있는 토대를 만드는 것이다. 조용하고 평화적인 저항처럼 르 클레지오는 소외당한 자들의 목소리를 되찾아 주는 문학적 서사 속에서 그들의 기억과 역사를 남기고 동시에 정체성을 찾아주는 계기를 제공한다.

▶『하늘빛 사람들』: 뿌리찾기 여정과 시원과 신역의 탐색

르 클레지오가 『사막』에서 몽환적이고 환상적인 전설로 청의민족의 서사를 재현했다면, 『하늘빛 사람들』에서 작가는 청의민족의 역사적 서사를 기행문의 형식으로 전환한다. 작가는 다수의 작품에서 주인공이 여정을 통해 자아정체성을 찾아가는 과정을 그려왔으며, 이 기행문에서도 청의민족의 후손인 제미아가 가족의 기원과 기록을 찾는 여정 속 내적 추구에 관해 기술하고 있다. 르 클레지오의 문학 세계 속에는 인간의 실존적 질문에 답하기 위해 여행이나 모험을 떠나고 그 과정에서 정체성을 탐구하는 서사가 자주 등장한다. 특히 고향이나 가족의 기원을 찾아가는 여정(voyage de retours aux origines)은 개인의 정체성을 구축하는 과정에서 중요한 과제로 다뤄진다.[8] 따라서 제미아는 자신의 뿌리인 조상의 땅을 방문하면서 청의민족의 집단적 정체성과 자신의 정체성에 대한 질문과 답을 찾는 기회를 가진다. 제미아는 '뿌리찾기' 여정을 통해 조상으로부터 자신에게까지 이어진 축복과 가르침, "불손과 무질서를 용인하지 않고, 땅의 이치를 존중하며 신비한 힘과 기도와 정성과 인내를 중요하게 여기는 사막의 가르침"(하82)을 깨닫는다.

---

8   특히 자전적 성향을 보이는 작품들에서 가족의 근원지 또는 고향을 찾는 인물들의 서사를 다루고 있다. 대표적으로 르 클레지오의 가족사를 토대로 창작된 『혁명』과 『알마』를 그 예로 들 수 있다.

여행, 여행을 하면서 우리가 얻은 것은 무엇인가? (...) 갔던 길로 되돌아와 자기에게 부족한 것과 자기가 소홀히 한 것이 무엇인지를 깨닫는 것, 본연의 얼굴을 되찾고 아이를 어머니나 한 나라나 어떤 골짜기와 결합시키는 깊고 부드러운 눈길을 재발견하는 것. 현대 사회에서 사람들을 분열시키고 단죄하고 쫓아내고 욕보이고 약탈하는 모든 것, 이를테면 전쟁과 가난과 유배 따위를 이해하는 것. 또, 하늘의 광채나 바람의 자유를 맞아볼 수 없는 곳에서, 친지와 천적으로부터 멀리 떨어진 채, 조상의 자취 아직 선연한 땅을 떠나 종교의 숨결도 느끼지 못하고 매일 저녁 기도 시간을 알리는 목소리도 듣지 못하며 자손들을 위해 그 골짜기를 선택했던 성자의 가호도 받지 못하면서 축축하고 어두운 다락방에서 사는 삶을 이해하는 것. 낯선 땅에서 싸우다가 죽은 것. 이는 어렵지만 찬탄받아 마땅한 일이다. (하36-37) Voyager, voyager, qu'est-ce que cela fait? (...) Mais revenir sur ses pas, comprendre ce qui vous a manqué, ce à quoi vous avez manqué. Retrouver la face ancienne, le regard profond et doux qui attache l'enfant à sa mère, à un pays, à une vallée. Et comprendre tout ce qui déchire, dans le monde moderne, ce qui condamne et exclut, ce qui souille et spolie : la guerre, la pauvreté, l'exil, vivre dans l'ombre humide d'une soupente, loin de l'éclat du ciel et de la liberté du vent, loin de ceux qu'on a connus, de ses oncles et de ses cousins, loin du tombeau où brille encore le regard de son ancêtre, loin du souffle de la religion, loin de la voix qui appelle à la prière chaque soir, loin du regard saint qui avait choisi pour les siens cette vallée. Vivre, se battre et mourir en terre étrangère. C'est cela qui est difficile, et digne d'admiration. (G36-37)

사막을 횡단하는 이 여정이 제미아에게 귀향과 가족의 근원을 찾는 모험이라면, 르 클레지오에게는 인류의 기원을 찾는 여정으로 그려진다.[9] 사하라 사막은 인류 문명의 발상지 중 하나이며, 사기아 엘함라 계곡은 신앙의 발상지이자 인류 역사의 원천 또는 시원으로 그려진다(G57-59). 신의 존재를 확신할 수 있고 시간의 흐름을 초월하는 길이 열리는 사막에서 르 클레지오 부부는 전쟁과 가난과 유배로 고통받는 현대인이 상실한 신의 축복을 깨닫는다.

하지만 세상을 밝힌 위대한 문명은 낙원에서 생겨나지 않았다. 위대한 문명은 지구상에서 가장 살기 어렵고 기후 조건이 가장 나쁜 지역에서 출현했다. 이를테면 이라크의 불타는 듯한 사막이나 소아시아, 유다 지방, 이집트, 수단에서. 또, 파르미 고원의 차디찬 고독 속에서, 페루와 멕시코 고원 지대의 혹독한 조건에서, 과테말라와 온두라스와 베닌의 밀림 속에서. 그렇다면 문명을 만든 것은 인간이 아니라 장소라고 볼 수도 있다. 마치 장소가 적대성을 드러냄으로써 약하고 겁 많은 피조물들로 하여금 자기들의 집을 짓도록 강요하기라도 한 것처럼 말이다. 사기아 엘 함라는 사람을 사람답게 만든 그런 장소들 가운데 하나다. 이 땅은 사막 속의 단층이며, 불타는 듯한 사막과 끝없이 적대감을 드러내는 바다를 이어주는 길이다. (하43) Mais les grandes civilisations qui ont éclairé le monde ne sont pas nées au paradis. Elles sont apparues dans les régions les plus inhospitalières de la planète,

---

9　물론 이 두 과정은 여정 내내 서로 교차한다. 『하늘빛 사람들』은 1인칭(복수대명사nous) 시점으로 진행되며, 종종 JMG 또는 Jemia를 주어로 사용하는 단락들이 등장한다. 참고로, 이 글에서 '르 클레지오'는 장-마리-귀스타브 작가를 의미하며 '제미아'는 그의 부인(Jemia Le Clézio)을 지칭한다.

sous les climats les plus difficiles. Dans les déserts brûlants de l'Irak, en Anatolie, en Judée, en Égypte, au Soudan. Dans les solitudes glacées du Pamir, ou l'âpreté des hauts plateaux du Pérou et de l'Anahuac. Dans l'épaisseur des forêts du Guatemala et du Honduras, du Dahomey, du Bénin. Ce ne sont donc pas les hommes qui ont inventé ces civilisations. Ce sont plutôt les lieux, comme si, par l'adversité, ils obligeaient ces créatures fragiles et facilement effrayées à construire leurs demeures. La Saguia el Hamra est un des lieux où s'est formée la personne humaine. Elle est une coupure dans le désert, une voie qui unit le feu du désert à l'infini hostile de la mer. (G45)

작가는 마 엘 아이닌을[10] 비롯한 청의민족을 우주의 질서에 순응하고 영적인 존재와 연결된 모범적인 인간상으로 그리고 있으며, 사하라 사막 역시 시공간의 한계를 초월한 시원의 자연 그리고 신역으로 묘사하고 있다. 작가는 사하라 사막에서 인류 역사의 기원을 찾았고, 청의민족의 종교 속에서 '영원에 이르는 길'을 발견한다. 르클레지오에게 청의민족은 자신들이 살고 있는 땅과 조화를 이루고 신과 조상의 가르침을 실천하면서(G117), "자기들의 자유를 완벽하게 누리며 사는 삶의 본보기"(하119)로 작가가 꿈꾸는 이상적인 삶의 방식으로 정의된다.[11]

---

10   르 클레지오는 『하늘빛 사람들』에서 다음과 같은 평가를 전한다. "마 엘 아이닌은 프랑스군 장교들의 증언을 통해 종종 광신적인 범죄자로 소개되었지만, 사실은 문인이자 천문학자이자 철학자로서 당대에 가장 교양이 풍부한 사람들 중의 하나였다." (하47)
11   레이 미모조-뤼이즈(2010)는 『하늘빛 사람들』에서 사막의 여행은 이상향을 향한 여정이며, 수피교적 사고관 속에서 작가는 청의민족의 뿌리를 찾아간 것이 아니라 그 미래를 찾아간 것

또한 르 클레지오는 사막 유목민의 생활철학과 대비되는 서구유럽 사회와 현대물질문명에 대한 비판을 동시에 가하고 있다. "우리는 사회적인 관습과 경계, 소유에 대한 집착, 쾌락에 대한 갈망, 고통과 죽음의 거부 따위로 옹색해진 세계에 살고 있다. 우리의 세계는 신분증과 카드와 돈 없이는 여행하기 어려운 세계이며, 고정관념과 이미지의 힘에서 벗어나기 어려운 세계이다."(하118-119) 저자에게 사막이라는 시원의 자연 공간 그리고 유목민의 삶의 방식은 현대인이 망각한 자연과의 교감이 살아있고 세계와 공존하며, 인간이 자연을 지배하려고 파괴하지 않는 삶의 방식이자 세계관이다. 르 클레지오는 사막 유목민들의 철학을 명시하며 자연과 분리되어 생태계를 지배하려 하고 지속해서 파괴하며 사는 현대인들에게 새로운 삶의 형태를 제시한다.

르 클레지오는 서구문화의 이성주의가 인간을 세상의 중심에 위치시킴으로써 자연의 자리를 빼앗았기 때문에 매우 편협하고 자연과 인간 모두에게 해로운 인본주의를 만들어 냈다고 비판해 왔다. 또한, 국가와 조직을 중시하는 이성주의는 사회 구조를 공고하게 만들기 위해 개인의 의식을 말살시키는 현상을 가져왔으며 그 결과 거대 대도시에서 개인은 소외될 수밖에 없는 존재로 남게 된다고 주장한다.[12] 르 클레지오는 서구중심 세계화의 확산으로 소수 문화가 위

이라고 해석한다. 또한, 자신의 참모습을 알기 위해 창작의 영감을 자신의 내면 깊은 곳에서 뽑아내려는 작가의 내면적인 수행은 수피족의 (수행)방식과 유사하다고 설명한다.

12 "서구 문화는 너무 획일화되었다. 도시화와 기술화를 우선한 결과 종교나 감정 같은 다른 형식의 표현은 발전하지 못했다. 이성주의라는 명목 하에 인간의 정신세계는 무시되었다. 이런

협받고 문화적 다양성이 쇠락하는 위기를 맞았다는 사실을 비판하고 있으며, 서구문명의 물질만능주의 때문에 파괴된 비서구 문명들의 정신문화 복원과 융성을 꿈꾸고 있다. 현대 서구문명 속 인간은 불안한 존재가 되었으므로, 자연과의 화해를 통해 그리고 신성한 세계-종교성, 영성, 감정 등을 포함하는 인간의 정신적 영역-를 복원함으로써 인간은 다시 행복해질 수 있다는 작가의 생각이 담겨있다.

아렌트 역시 생명을 가진 인간의 근본인 지구의 파괴를 경계한다 (2015:313-394). 과학 혁명을 통해 자연에 대한 인간의 통제가 강화되면서 인간은 자연을 창조물로 취급하고, 자연을 지배하는 법칙을 발견하는 것이 과학적 연구의 목적이 되었다. 과학과 기술은 가능한 한 인간을 자연적 속박에서 해방하고 인간이 통제 가능한 세계를 구축하려는 것이 목표이기 때문에, 인공적 세계를 건설하면 건설할수록 인간은 자연적 환경으로부터 멀어진다. 하지만 기술의 시대에도 인간의 가장 근본적인 실존의 조건은 지구이며 자연이다. 생명체로서의 인간에게 부여된 자연적 필연성으로부터 완전히 벗어나는 것이 근본적으로 불가능하기 때문이다. 또한, 세계의 중심이 신에서 인간으로 옮겨진 후, 인간이 이해할 수 없고 서술할 수 없는 신을 배제하면, 모든 관심이 인간이 알 수 있고, 만들 수 있고, 행할 수 있는 것으로 집중된다. 인간에게 '모든 것이 가능하다'는 전체주의적 믿음이 인간과 지구를 하나의 실험장으로 만들었으나 이런 전체주의적 실험을 통해 위험에 처하게 된 것은 오히려 인간의 본질이며, 지구이

인식이 나를 다른 문명으로 이끌었다." (파스텡 2010:52 재인용)

다. 아렌트에 따르면, 기술시대 전체주의의 가장 큰 위험은 인간이 자신을 스스로 실험 대상으로 삼는다는 점이며, 바로 우리가 사는 '지구로부터 탈출하고자 하는 것'이다.

르 클레지오의 중요한 주제의식인 시원에 대한 탐색과 신성함의 회복에 대한 요구 그리고 생태주의는 아렌트의 주장과 맥을 같이한다. 르 클레지오 역시 현대 서양 문화가 신성함이나 신화 또는 전설을 배척하고 시원의 자연을 파괴했기 때문에 지구에서 인간의 자리마저 위협받고 있다고 경계한다. 르 클레지오는 서구세계의 기술적 진보와 과학의 맹신에 대해 비판적이며, 서구유럽 열강들이 식민지를 침략하는 과정에서도 과학과 기술의 우위를 무기삼아 가장 비인간적인 살생과 파괴행위들을 자행했다고 증언한다.

르 클레지오는 『사막』에서 이미 한 번 기록한 청의민족 서사를 『하늘빛 사람들』에서 뿌리찾기 여정의 기행문으로 재조명하는 다시쓰기를 통해, 청의민족에 대한 역사적 기록을 공고히 하는 증언적 역할뿐만 아니라, 변화된 평가를 전달한다. 작가는 『하늘빛 사람들』에서 사기아 엘 함라 계곡으로 이주한 1세기 베르베르인들인 렘타 족과 테크나 족의 도래부터 13세기 아랍인들과의 투쟁 그리고 15세기 말 문화융성기를 보내고 지금까지 이어지는 사막 유목민들의 장구한 역사를 증언한다. 또한, 기행문의 사진들은 청의민족에 대한 가장 실증적인 증거처럼 유목민의 삶과 광활한 사막의 이미지를 독자에게 전달한다. 르 클레지오가 『사막』에서 청의민족을 식민지화 역사의 희생자로 부각해 그렸다면, 『하늘빛 사람들』에서는 더 이상 그들을 피해자로서 연민의 대상으로 그리는 것이 아니라, 작가가 꿈꾸지만 현실에서 이룰 수 없는 이상적인-자연과 교통하면서 인간의 영혼과 조화를 이루는-삶을 영위하는 동경의 대상으로 그리고 있다.

2. 『사막』과 『황금물고기』의 이주 서사 : 정체성 형성과 정치적 행위

르 클레지오에게 이성적으로 용납할 수 없는 동시대의 사회적 문제는 바로 끊이지 않는 전쟁과 분쟁이며, 이 때문에 수많은 난민이 발생하고 이런 이주민들이 끊임없이 방랑하는 현실이다. 르 클레지오는 작가적 소명을 가지고 다양한 역사적 사건과 동시대의 사회적 문제를 참여문학으로 재현하고 있다. 『사막』과 『하늘빛 사람들』에서는 모로코 침략 전쟁 비판과 사하라 사막 청의민족의 종교적, 정신적 가치관과 시원의 자연에 대한 동경을 주제의식으로 담고 있으며, 『사막』과 『황금물고기』에서는 이주 서사를 통해 프랑스를 포함한 서구사회의 이주민 문제에 대해서 집중적으로 다루고 있다.

우리는 지금부터 아렌트의 '활동적인 삶'과 '정치적 행위'의 개념을 중심으로 르 클레지오의 『사막』과 『황금물고기』의 이주 서사와 인물을 분석해 보고자 한다. 『사막』의 '랄라'와 『황금물고기』의 '라일라'는 청의민족의 후손으로 모로코를 떠나 경제적 디아스포라를 감행한다. 하지만 그 과정과 결말은 동일하지 않다. 즉 랄라와 라일라의 차이점은 아렌트가 주장한 정치적 행위를 적극적으로 수행하는지, 즉 여성 스스로 박해받는 존재에서 독립적인 존재로 변화하기 위해 다른 사람들과 연대하는지 그 여부에 따라 명시할 수 있다. 이를 위해 아렌트가 주장하는 인간의 '활동적인 삶'의 개념을 좀 더 자세히 살펴보자.

아렌트는 『인간의 조건』에서 기술시대의 근본악을 철저하게 분석하고 인간의 '지구 소외'를 경계한다. 자유로운 인간은 '활동적인 삶'을 영위하기 위해 '노동'과 '작업' 그리고 '행위'를 수행해야 하며, 궁극적으로는 '공적영역을 확대'하여 그 안에서 논쟁과 대화, 즉 가장 '정치적인 행위'를 통해 공공성을 확보해야 한다고 주장한다. 이야기를 형성하는 역사적 사건들의 총체적 의미를 살피는 방법을 통해 역사를 해석하려고 노력한 아렌트는 정치 철학으로 유대인 학살이라는 20세기 비극적 역사를 분석하고 전체주의라는 근본악을 극복하기 위해 노력했다. 르 클레지오 역시 참여문학으로 식민지화 역사의 반성과 이주민 문제 해결을 촉구한다는 점에서 역사에 대한 이해와 반성에 집중한다는 교집합을 이룬다. 아렌트와 르 클레지오는 역사를 증언하고 이해하는 방법으로 '이야기하기'를[13] 선택했으며, 이를 통해 과거를 반성하고 망각된 희생자에 대한 관심을 촉구하고, 그 해결책으로 공적영역 확대와 공론화라는 정치적 방법을 제

---

13 아렌트에게 정치적 삶이란 권력 투쟁이 아니라, '삶의 의미를 충만하게 하는 활동적 삶'을 의미한다(2015). 즉, 아렌트는 공적 공간을 확대하여 많은 사람이 말과 정치적 행위를 통해 공공선을 추구하는 것, '기술적 전체주의' 사회를 감시하고 세계 소외에 이은 지구 소외라는 근본악을 예방해야 한다는 것이다. 유사한 맥락에서 르 클레지오는 동시대의 사회적 문제를 공론화하기 위한 참여문학으로 모로코 연작을 발표하고, 자연과 신성함에 대한 가치 복원 그리고 이주민 문제에 대한 공론화를 불러일으켰다는 점에서 정치적 해결책을 모색한다고 볼 수 있다.

시한다는 공통분모를 가진다. 다시 말해 르 클레지오와 아렌트는 자신이 살아가는 시대에 대한 도덕적 책임감을 느끼고 인간의 실존적 질문과 인간의 조건을 고민하고, 궁극적으로 인권 증진과 지구 환경 개선을 위해 관심과 협력을 도모한다는 접점을 가진다.

아렌트는 인간의 '활동적인 삶(vita activa)'에 필요한 세 가지 필수 조건-생명, 세계성, 다원성-을 정의하고, 각 조건에 고유한 활동의 양식-노동, 작업, 행위-을 부여한다(2015:55-57). 간략하게 설명하자면, 첫째, 인간은 누구나 하나의 '생명'으로 존재하기 때문에, 신진대사를 통한 자연과의 교통을 위해 '노동'이 필수적이며, 이로써 인간은 노동의 존재로서 자연의 필연성에 예속된다. 둘째, 인간은 생사를 반복하는 자연의 필연성에서 벗어난 영속적인 자신의 세계가 있어야 하며, 인간에게 영속적인 '세계성'을 제공하는 활동이 바로 '작업'이다. 따라서 인공세계를 구성하는 사용물을 생산하는 작업은 수단과 목적의 범주, 즉 도구성의 지배를 받는다. 셋째, 인간은 말과 행위를 통해 이 세계를 공유할 수 있는, '다원성'의 특징을 실현할 수 있는 다른 사람들이 있어야 한다. 그리고 모든 사람이 서로에게 의미 있는 공동의 세계를 논의하는 기초적 활동을 '행위'라고 규정한다. 아렌트가 강조하는 정치적 행위는 개인이 고립된 사적영역에서 벗어나, 말과 행위를 통해, 다른 인간들과의 관계망에 참여하는 활동이다. 즉, 아렌트에 따르면 자유로운 인간은 '활동적인 삶'을 살기 위해 '노동'과 '작업' 그리고 '행위'를 수행하면서, 자기 자신의 존재 의미와 가치를 실현하는 존재이다. 또한, 아렌트는 올바른 행위의 원천을 정신적 삶에서 찾고, 사유하고 판단하는 인간의 의지를 행동으로 실천하는 것이 중요하다고 강조한다. 즉, 자유로운 인간이 실천하는 활동적인 삶은 '사유와 더불어 행위하는 삶'을 의미하며, 정치철학을 실천하는 삶이 중요하다는 주장이다.[14]

▶『사막』의 랄라 : 정치적 행위의 한계와
　귀향으로 완성되는 이주

르 클레지오는『사막』에서 랄라의 서사를 '행복'과 '노예들의 땅에서'로 명명한 두 장에 나누어 서술하고, 모로코와 프랑스라는 공간적 배경과 유년기와 성인기라는 시간적 배경으로 둘을 구분하고 있다. 모로코 사하라 사막에서 유년기를 보낸 랄라가 성인이 되면서 마르세유로 이주한 후 방황과 표류의 시기를 보내는 서사가 순차적으로 진행된다. 이미 제목으로 명시된 것처럼 랄라는 사막의 바람과 별 그리고 동·식물에 이르기까지 자연을 이루는 모든 존재와 소통하고 공감하면서 행복을 느끼는 인물이며, 먼 조상인 청의민족의 삶을 동경하고 과거를 그리워하는 소녀로 그려진다. 하지만 사막의 일부로 살고 싶어 하는 랄라의 소망은 이루어지지 않고, 그 대신 '노예'의 삶을 살아야 하는 마르세유로 이주한 뒤 암울한 현실에 절망한다. 아렌트의 용어를 빌리자면, 랄라는 생명의 가치를 뛰어나게 구현하며 필수적 노동을 수행하는 인물이지만, 인공물을 만드는 작업에

14　아렌트가 기술적 전체주의 시대에서의 (자유로운) 인간의 '활동적인 삶'에 대해 정치 철학적 연구를 진행한 궁극적인 목적은 정치적 능력의 회복 즉 세계에 관심을 가지고 타인과의 세력을 만들어서 더는 전체주의와 같은 근본악이 인간을 실험대상으로 삼는 비극적 역사가 반복되지 않기 위한 인류 모두의 각성을 촉구하기 위함이다.

서툰 인물이며 영속적인 자신의 세계를 구성하거나 도구성의 지배를 거부하는 인물이다. 랄라는 생명의 가치에 집중하면서 인간 역시 자연의 일부로 인식하는 자연의 필연성에 예속된 인물로, 인공물이 거의 존재하지 않는 시원의 자연인 사막에서 스스로 존재의 충만함을 감지한다. 다시 말해 랄라는 사막에 속한 인물이며, 과거 청의민족의 신화에 속한 인물이다. 그러므로 자연의 필연성으로 회귀하고자 하는 인물이며, 결국 사막으로 귀환할 수밖에 없는 인물이다.

이상의 논의를 주인공의 성장 이야기와 이주 이야기에서 좀 더 발전시켜 보자. 도시 빈민가에 거주하는 어린 소녀 랄라는 광활한 자연의 일부로 살기를 꿈꾸며 대부분 시간을 사막에서 보낸다. 목동 '아르타니(Hartani)'는 랄라처럼 유목민의 후손으로 사막에서 자연과 조화로운 삶을 영위하는 인물이다. 랄라는 듣지 못하고 말하지 못하는 하르타니와 말을 하지 않아도 소통할 수 있다. 그리고 '에스 세르(Es Ser)'는 조상인 청의민족의 환생 또는 영혼 같은 존재로 랄라에게만 보인다. 이 세 명은 청의민족이라는 정체성의 공통점을 가지며, 침묵이라는 언어를 사용하고, '생명'의 가치를 가장 소중하게 여긴다.

그러나 랄라는 자신 삶의 주도권과 결정권을 갖지 못하는 가난한 여아이기 때문에 경제적 노예의 신분으로 전락한다. '노예들의 땅'인 프랑스에 도착하면서 랄라(Lalla)는 '하와(Hawa)'라는 새로운 이름을 사용하기 시작한다. 사하라 사막에 속하는 랄라는 마르세유에서 경제적 노예로 살아가야 하는 이주민으로서의 자신을 '하와'로 명명함으로써 거리두기를 하는 것이며, 르 클레지오는 두 개의 이름을 통해 주인공의 정체성에 대한 의문을 제시하는 것이다(D345).

그녀한테는 이 모든 것이 우습다. 마치 이 신문들이 모두 장난 같고, 지면 위에 보이는 얼굴이 그녀가 아닌 것처럼, 이 사진들이 죄다 우습다. 첫째로 그 사진 속 사람은 자기가 아니라 하와다. 이 이름은 그녀 스스로 지어서, 사진사에게 가르쳐준 이름이다. 그래서 그 사진사는 그녀를 그렇게 부른다. (사288) Elle rit de tout cela, de ces photos, de ces journaux, comme si c'était une plaisanterie, comme si ce n'était pas elle qu'on voyait sur ces feuilles de papier. D'abord, ce n'est pas elle. C'est Hawa, c'est le nom qu'elle s'est donné, qu'elle a donné au photographe, et c'est comme cela qu'il l'appelle (D345)

이러한 거리두기는 북아프리카 여성의 이국적 이미지를 상품화하고자 한 프랑스 사진작가를 만난 후 그녀가 잡지 모델 활동을 하는 시기에 더욱 두드러진다. 랄라는 사진 속 인물을 하와라는 이름으로 지칭하며, 신비로운 이국 여성의 이미지를 소비하는 프랑스인들에게 하와의 이름과 국적은 중요하지 않다고 주장한다. 기자와의 인터뷰에서 그녀가 자신의 고향 모로코에 대해 '이름이 없는 나라'라고 표현한 이유는 프랑스인들에게 모로코와 사하라 사막 그리고 유목민들은 잡지 속 사진의 이미지처럼 왜곡되고 고정되어, 실제와는 구분되기 때문이다. 랄라는 물질주의 산업사회에 적응하기 힘든 인물로, 인공성과 세속성이 발달한 마르세유에서 소비생산물을 만들어내고 그 임금을 받고 프랑스 사회의 구성원으로 살아가기를 거부한다. 잡지 모델이라는 '작업'은 자신의 이미지를 상업화하고 그 대신 자신의 내면 일부를 공개하고 판매해야 하는 이 모든 공정에 '인공성'을 포함한다. 이를 거부하는 랄라는 하와의 사진을 모두 자신과 관계없는 상품으로 외면하며, 이 사회적 활동으로 얻어지는 경제적 이익에도 무관심하다. 게다가 랄라는 프랑스어를 쓸 줄 모르고, 글을 배우는 것조차 거부한다. 프랑스에서 이주민으로 살지만, 합법적으로 국적을 획득하거나 새로운 사회적 정체성을 획득하려고 노력하지도 않는다. 랄라에게 마르세유에서의 생활은 20세기 서구 유럽의 산업주의 경제 체제에서 생산을 위한 노예의 활동에 불과하다. 랄라는 현대사회의 물질주의 추구를 경계하고 돈과 명예의 노예가 되는 것을 거부한다.

이주노동자인 랄라는 호텔 청소부로 일하면서 도시 빈민가 거주자들의 빈곤과 폭력 그리고 이민자 차별이라는 어두운 현실을 경험한다. 그녀에게 마르세유 도시는 안전을 느낄 수 없고 압박과 불안을 주는 장소로 인식된다. 지나치게 많은 건물과 구조물 사이에서 랄라는 숨 쉴 공간조차 찾기 힘들다. 또한 이주민에 대한 선입견과 차별 때문에 그녀가 이동하고 생활할 수 있는 공간은 더욱 좁아진다. 도시는 랄라에게 억압적이고 공격적이고 불편한 공간이다. 랄라는 이 도시에서 자신의 자리를 발견하지 못하고 주변을 맴도는 소외된 인물로 머물 수밖에 없다. 이렇게 르 클레지오는 프랑스에서 이주노동자들이 견뎌야 하는 비참한 노동의 현실과 열악한 거주 환경 그리고 사회적 차별과 소외 문제를 조명한다.

프랑스를 떠나 사하라 사막으로 되돌아가는 랄라의 선택을 통해, 작가는 경제선진국이라는 서구유럽국가의 허상을 고발한다. 인공적 도시들은 그곳에 거주하는 사람들에게서 자연을 빼앗고 동시에 그 자연 속에 담긴 신성함과 신화성 그리고 꿈꿀 공간마저 앗아

갔다. 현대인들은 이제 억압된 자유를 되찾는 것처럼 자연과 신화의 세계를 복원하기 위해 노력해야 한다. 르 클레지오는 사하라 사막에서 그 해답을 찾았기 때문에, 모든 생명을 존중하고 자연 질서에 순응하는 생활방식과 그리고 전통과 전설 그리고 신화를 간직한 유목민의 의식세계를 꿈꾼다. 랄라가 사막으로 귀향하는 결론을 맺은 이유는, 『하늘빛 사람들』에서 작가가 언급한 것처럼, 이상적인 삶이란 청의민족처럼 자연과 조화를 이루는 자유로운 삶이기 때문이다.

랄라에게, 아렌트의 용어를 빌리자면, 가장 중요한 인간의 조건은 '생명'의 가치이며, 지구이다.[15] 그리고 자연 속에서 생명은 새로운 탄생으로 이어진다. 사막으로 돌아간 랄라가 진정 자신의 정체성을 완성하는 계기는 딸의 분만이며, 조상의 피가 어머니로부터 자신을 거쳐 딸에게 전해짐을 인식하면서, 비로소 자신이 청의민족의 후손으로 다시 태어남을 느낀다. 그리고 고향이자 근원의 땅 사막에서 유목민으로서 살아갈 미래에 대해 희망을 품게 된다. 청의민족의 전통과 가치는 선조의 기억을 후손에게 전수하는 가족의 연속성을 통해 생명력을 회복한다.[16]

『사막』은 20세기 초반을 시간적 배경으로 하여 전개되는 청의민

---

15 아렌트는 생명, 세계성, 다원성이라는 조건은 인간의 활동에 부합하는 조건이며, 이보다 더 근본적인 조건인 탄생성과 사멸성이 더 선험적 성격을 띠는 인간 실존의 조건이라고 설명한다(36-38).

16 루셀-질레(Roussel-Gillet)는 이 소설의 이중 서사 구조에 대해서 청의민족 서사와 랄라 서사의 단순한 교차가 아니라, 개인의 서사와 집단/민족의 서사의 교차이며, 세대를 초월하는 가족 서사와 역사서사의 교차라고 설명한다(2011). 또한, 발렝(Balint)은 이 소설의 구조를 바탕으로 후손인 랄라가 선조가 완성하지 못한 운명을 완성하는 구조라고 해석한다(2016:176).

족 서사와 20세기 후반을 시간적 배경으로 전개되는 랄라의 서사가 교차 진행하는 구성이다.[17] 유목민 조상의 서사가 이 소설의 처음과 끝에 위치하며, 그 중간에 후손의 서사와 조상의 서사가 교차하는 구조이다. 이러한 이중 서사 교차 구성은 청의민족의 역사가 시간과 공간의 제약을 초월하여 연속된다는 해석을 가능하게 해준다. 다시 말해 조상의 과거에서 출발한 청의민족의 서사가 후손의 현재를 거쳐 다시 조상의 과거로 연결되는 구성은 유목민들의 순환적인 시간(temps cyclique) 개념을 형상화한 것이다. 르 클레지오는 '여기와 지금'을 강조하는 서구적인 시공간 개념을 거부하고 '타처(他處)와 과거(過去)'를 중시하는 순환적 시공간 개념을 다수의 작품에서 반영해 왔다. 『사막』에서도 원초적인 시간으로 회귀하는 순환적 시간 개념을 기반으로, 청의민족의 사막횡단이 영원하며 서구의 시간 개념을 초월한 연속성만 존재한다는 이슬람 종교의 믿음을 반영한다. 따라서, 『사막』의 이중 서사 교차 구조는 무한히 반복되는 횡단의 순환으로 읽을 수 있다. 즉, 유목민들이 평생 계속해서 사막을 횡단하는 삶의 방식을 서사의 구성으로 구현한 것이다. 청의민족의 조상이 사막을 횡단하는 것처럼, 후손 랄라도 자신의 횡단을 수행하

---

17 정옥상(2014)은 사막을 이야기 속 공간묘사의 주제로 연구하면서 원순환적 삶의 공간, 종교적 연대체의 땅, 연속성의 중심-사막의 빛, 회귀의 땅, 원형적 공간이라는 세부 연구를 진행했다. 이 글에서 다루는 『사막』 서사의 분석과 이해는 청의민족의 집단적 정체성을 명시하기 위함이며, 이것이 랄라의 정체성 형성에서 중요한 역할을 하기 때문이다. 랄라는 청의민족의 집단적 정체성을 받아들이는 인물이며, 이를 위해 고향인 사막으로 귀환하는 것이다. 하지만 『황금물고기』의 라일라는 타인들 또는 사회로부터 강요되는 집단적 정체성을 거부하고 자신만의 역동적인 정체성을 구현하는 인물이다.

고, 다시 사막으로 돌아와 조상들의 횡단 여정에 동참하는 구조로 읽을 수 있다.

또한, 순환적 시간 개념은 랄라의 영적·종교적 체험으로도 재현된다. 어린 랄라는 비밀적 존재, 에스 세르와 만나자 청의민족 조상의 행렬을 몽환적 상태에서 경험한다. 그리고 랄라는 마르세유에서 귀향을 결정하기 직전 또다시 사막의 환영을 경험한다. 즉, 어린 랄라가 춤추는 여성을 자신의 전생처럼 느끼고, 어른이 된 랄라가 그 춤추는 여성을 다시 체험하는 두 장면은 마치 시간의 원을 이루는 듯하다. 이 춤추는 여성의 환영은 전생의 기억(souvenir d'une autre mémoire)이며,[18] 어린 랄라 그리고 성인 랄라가 같은 장면을 회상하면서 윤회를 완성한다.

> 한참동안 그녀는 자신을 잊고 누군가 다른 사람, 먼 곳에 있는 잊혀진 사람이 된다. 아이들의 윤곽, 남자들, 여자들, 말, 낙타, 염소떼들 등 다른 모습들이 보인다. 어느 도시의 형태와 돌과 진흙의 궁전을 보며, 진흙성벽에서 투사들의 무리가 나오고 있는 것이 보인다. 그녀의 눈에 보이는 것은 꿈이 아니다. 그녀가 자신도 모르는 새 몰입해 있는 또다른 기억력 속에 이 모든 것이 회상되어 눈앞에 펼쳐지고 있는 것이다. 남자들의 목소리, 여자들의 노래, 음악소리가 들린다. 동팔찌와 무거운 목걸이들을 흔들며 맨발끝과 뒤꿈치로 땅을 차고, 빙빙 돌며 춤추는 여자는 바로 자기 자신인지도 모른다. (사76-77) **Alors pendant**

---

18 르 클레지오의 작품에는 영적 지도자나 신비한 능력을 가진 종교적 인물들이 종종 등장하며, 작중인물들 역시 특별한 영적 능력을 가진다. 일례로, 『떠도는 별』의 두 주인공 에스더와 네이마 역시 초월적 체험을 통해 종교에 입문한다(이희영 2014:352-356).

longtemps, elle cesse d'être elle-même ; elle devient quelqu'un d'autre, de lointain, d'oublié. Elle voit d'autres formes, des silhouettes d'enfants, des hommes, des femmes, des chevaux, des chameaux, des troupeaux de chèvres ; elle voit la forme d'une ville, un palais de pierre et d'argile, des remparts de boue d'où sortent des troupes de guerriers. Elle voit cela, car ce n'est pas un rêve, mais le souvenir d'une autre mémoire dans laquelle elle est entrée sans le savoir. Elle entend le bruit des voix des hommes, les chants des femmes, la musique et peut-être qu'elle danse elle-même, en tournant sur elle-même, en frappant la terre avec le bout de ses pieds nus et ses talons, en faisant résonner les bracelets de cuivre et les lourds colliers. (D98)

이제 희망없는 이 도시, 동굴 같은 이 도시들, 덫과 같은 길들, 무덤과 같은 집들이 수없이 있는 이 도시는 사라졌다. 거지와 창녀들의 도시는 자취를 감추었다. 춤추는 사람들의 취한 시선이 이 모든 장애물과 옛날의 거짓말을 다 지워버렸다. 이제 랄라 하와의 주위에는 끝없는 먼지와, 하얀 돌평원이 펼쳐진다. 모래와 소금이 살아있는 공간, 사구의 파도들이 펼쳐진다. 마치 옛날에, 모든 것이 끝난 것처럼 보이던, 염소들이 다니는 오솔길 끝에서처럼, 땅끝, 하늘 바로 밑, 바람의 문턱에 와 있는 것 같다. 마치 그녀가 비밀이라고 부르는 에스 세르의 시선을 처음으로 느꼈을 때와 꼭같다. 현기증이 일어나면서도 그녀의 발은 그녀를 점점 더 빨리 맴돌게 한다. 그리고 오랜만에 처음으로, 그녀는 자기를 쳐다보고, 관찰하는 것 같은 어떤 시선을 다시 느낀다. (사 298) Il n'y a plus ces villes sans espoir, ces villes d'abîmes, ces villes de mandiants et de prostituées, où les rues sont des pièges, où les maisons sont des tombes. Il n'y a plus tout cela, le regard ivre des danseurs a effacé tous les obstacles, tous les mensonges anciens. Maintenant, autour de Lalla Hawa, il y a une étendue sans fin de poussière et de pierres blanches, une étendue vivante de sable et de sel, et les vagues des dunes. C'est comme autrefois, au bout du sentier à chèvres, là où tout semblait s'arrêter, comme si on était au bout de la terre, au pied du ciel, au seuil du vent. C'est comme quand elle a senti pour la première fois le regard d'Es Ser, celui qu'elle appelait le Secret. Alors, au centre de son vertige, tandis que ses pieds continuent à la faire tourner sur elle-même de plus en plus vite, elle sent à nouveau, pour la première fois depuis longtemps, le regard qui vient sur elle, qui l'examine. (D356-357)

신화가 살아있는 장소인 사막에서, 순환적 시간 개념 속에서, 유목민들은 영원한 회귀(éternel retour)를 실천하며 청의민족의 집단적 정체성을 이어간다. 이렇게 랄라는 자신의 고향이자 가족의 뿌리인 사막에서 선조들의 정신과 가르침을 계승하면서 청의민족으로서의 정체성을 새롭게 구축한다. 청의민족은 시간과 공간을 초월하여 사막을 영원히 횡단하고 있으며, 후손 랄라도 다시 사막으로 돌아와 조상들의 횡단 여정에 동참하면서 영원한 회귀를 구현하고 있다.

결국 르 클레지오는 『사막』에서 시원과 신성함에 대한 탐색, 서구유럽 물질주의 문명에 대한 비판 그리고 프랑스에서 이주민 차별과 소외 문제를 부각하여 드러낸다. 하지만 랄라가 사하라로 돌아가는 결말은 그녀가 청의민족의 서사로 들어가 사막을 영원히 횡단하는 결론이며, 프랑스에서의 이주민 문제에 관한 구체적 해결책을 제시하지 못한다는 비판이 가능해진다.

▶『황금물고기』의 라일라 : 정치적 행위의 발전과 새로운 출발을 위한 귀향

아렌트가 말과 정치적 행위를 통해 사회 구성원과의 연대를 이루면서 사회적 존재로 그리고 정치적 인간으로 자신의 자유를 쟁취하고 영유하는 인간의 조건을 강조했다면, 르 클레지오가『사막』에서 구현한 랄라는 공적영역에서 인간관계망을 구축하는 정치적 행위에 능숙하지 못하다는 한계를 지닌 인물이다. 랄라는 자신의 운명을 개척하기 위해 사회와 투쟁하지 않으며, 다른 약자들과 연대하지 않기 때문에, 그 결과 랄라는 프랑스에서 이주민 차별을 극복하지 못하고 사막으로 귀향하는 결말을 맞는다고 볼 수 있다.

반면『황금물고기』에서 주인공 라일라는 각종 차별을 극복하는 힘과 능력을 기르고 정치적 행위와 연대를 통해 해결책을 모색하고 찾아낸다. 이제부터 우리는 라일라가 어떻게 아렌트가 주장한 정치적 행위를 적극적으로 수행하는지, 즉 다른 사람들과 연대를 통해 자신의 삶을 개척하는 과정을 좀 더 자세히 살펴보고자 한다. 이를 위해 인간의 '정치적 행위'에 대한 아렌트의 설명을 다시 검토해보자.

아렌트는『인간의 조건』에서 인간의 (정치적) 행위와 자유를 동일시했고, 인간의 자유란 다른 사람들과 함께 자유를 실천하는 생활방식이며, 따라서 인간의 자유와 행위는 다른 사람의 존재, 즉 다원성에 기반을 두고 있다고 주장한다(2015:235-241). 즉 자유로운 인간은 다른 사람들과 함께 행위를 하면서 정치적 정체성을 획득하고, 인간의 자유를 실현하고 확대할 수 있는 공간을 만들어 간다. 아렌트는 인간적 삶의 척도를 '말과 행위', 특히 말이 위력을 발휘하는 정치적 행위에서 찾는다. 정치적 행위를 통해 비로소 인격 상호 간의 자유로운 만남이 가능해지며, 인간은 말과 행위를 통해 타자에게 자기 자신을 전달하고, 타자와 구별되는 '자신의 고유한 인격적 정체성'을 드러낼 수 있기 때문이다. 인간이 말과 행위를 통해 자기의 고유한 인격을 드러낸다는 아렌트의 생각은 인간이 정신의 반성 작용을 통해 타자와 맞서 자아를 설정하고 인식한다는 사실이다. 즉 말과 행위는 정신적 존재인 인간이 육체를 통해 자기를 매개하는 가장 기본적인 표현 수단이라고 아렌트는 강조한다. 아렌트에 따르면, 인간의 다원성은 동등성과 차이성이라는 이중의 성격을 가지며, 인간이 물리적 대상으로가 아니라 인간으로서 서로에게 자신을 드러내는 양식이 바로 말과 행위이다. 단순한 육체적 존재와 구별되는 이러한 '출현'은 창발성에 의존하며 말과 행위로써 우리는 인간세계에 참여한다. 이러한 사회적 존재로서의 정치적 참여는 '제2의 탄생'에 비유할 수 있으며, 본능적인 참여의 충동에 따라 사람들은 행위하고 말하면서 자신을 보여주고 능동적으로 자신의 고유한 인격적 정체성을 드러내며 인간세계에 자신의 모습을 나타낸다고 아렌트는 설명한다. 아렌트가 공적영역에서 인간관계망을 형성하면서 말과 행위를 통해 만들어지는 자율적인 인간의 정체성에 대해 강조한 이유는 개인이나 집단을 소외시키지 않기 위해서이다. 과거 나치 정부의 정치적 결정으로 부여된 유대인이라는 정체성은 유대인들을 세계로부터 유리시키고 인종말살 실험이라는 비참한 역사적 결과를 가져왔다. 아렌트는 『전체주의의 기원 1,2』에서 국가 권력에 의해 자행되는 폭력을 정당화하는 획일적인 가치관을 내면화하는 개인들이 존재하는 공간에서는 자유로운 소통관계는 형성될 수 없다는 것을 설명한다(2006b:255-284). 아렌트는 드레퓌스 사건을 예로 들면서 유럽에서 유대인들에 대한 집단적 정체성이 강요된 과정과 그 결과 수많은 유대인을 죽음으로 몰고 간 전체주의를 비판한다(2006a:215-263). 전체주의라는 억압의 시대를 경험한 사람들은 자신과 세계와의 단절을 강요당했기 때문에, 아렌트는 사람들 간의 교류와 연결을 통해 세계성을 담보해야 한다고 주장한다. 즉 공적영역의 부재는 개인이 정치적 의사를 표현하거나 행동할 수 없다는 뜻이다.

　이상의 아렌트 주장을 『황금물고기』에 적용해 보자면, 라일라는 모로코 도심 저택에 고립된 채 노부인의 하녀로 유년기를 보냈기 때문에 사회적 교류가 없는 존재 즉 '제2의 탄생'이 하지 못한 존재로 머무른다. 그러나 세상과의 연결을 찾기 위해 라일라는 자유를 향한 모험을 감행한다. 노부인의 죽음 후, 저택에서 도망친 라일라는 집창촌 여성들의 보호와 지원으로 교육의 기회를 얻는다. 다양한 외국어를 배운 라일라는 자신을 노예로 매매하려는 새로운 주인의 위협을 피해 프랑스로 도망친다. 파리 빈민가에서 라일라는 가정부 일을 하면서도 대학 입시 수업을 수강하고, 탈식민주의 투쟁가의 책을 읽으며, 아프리카 음악을 배우는 노력을 통해 성인으로 성장해간다. 하지만 불법 이주민이라는 신분적 한계와 아프리카 흑인 여성이라는 인종차별과 성차별 때문에 라일라의 인간관계는 협소하고 그

그물망은 단절되기 쉬웠다. 더구나 프랑스 사회에서 철저하게 소외된 이주민들은 가혹한 현실을 이기지 못하고 때론 극단적인 선택을 하고 만다. 유년 시절 납치와 (노예)매매를 경험한 라일라는 가난 때문에 자신의 딸을 팔려는 집시 여인을 만나고, 인신매매라는 비극적 현장을 또다시 목도한다.

라일라는 아프리카계 미국 여성 가수를 만난 후 세네갈 출신 이주민 엘 하르 할아버지의 도움으로 미국으로 이주한다. 그녀가 '본능적인 참여의 충동에 따라 자신을 보여주고 능동적으로 자신의 고유한 인격적 정체성을' 드러낸 '제2의 탄생'은 그녀가 시카고에서 가수로 성공하여 합법적인 신분증명서류를 획득한 이후로 미뤄진다.

> 십일월, 눈이 내리기 얼마 전에 나는 체류증이 든 이민국의 편지와 〈지붕 위에서〉를 녹음하기 위해 만나자는 르로이 씨의 전갈을 동시에 받았다. 스튜디오에는 제작자와 녹음연출 조수들과 기술자들이 있었다. (…) 그러다가 마침내 끝났을 때, 나는 독집 음반과 앞으로 오 년간의 모든 제작물에 대한 계약서에 서명했다. 그렇게 많은 돈을 받아보기는 처음이었다. (…) 흑단처럼 까만 피부의 한 신문기자가 내게 이것저것 물어왔고, 나는 되는대로 대답했다. 나는 프랑스인이기도 했고, 아프리카인이기도 했다. (황263-264) Juste avant la neige, en novembre, j'ai reçu en même temps la lettre de l'Immigration contenant ma carte de résident et un rendez-vous avec Mr Leroy pour enregistrer *On the roof*. Dans le studio, il y avait le producteur, des assistants, des techniciens. (…) Puis, quand ç'a été fini, j'ai signé un contrat pour un disque single, et pour tout ce que j'allais produire pendant cinq ans. Je n'avais jamais

eu autant d'argent. (...) Une journaliste ebony me posait des questions, je disais n'importe quoi, j'étais française, j'étais africaine. (P269)

이제 라일라는 작곡가 겸 가수라는 '작업'으로 아렌트가 주장하는 인간의 조건 중 세계성을 획득하고, 마지막으로 다원성을 담보하는 정치적 행위로 다른 사람들과 영향을 주고받으면서 독립적이고 자유로운 인간의 조건을 완성하면 된다. 정치적 행위를 통해 라일라는 정치적 정체성을 획득할 수 있는데, 이때 정치적인 것이란 공적인 것, 개인적인 관심이 아닌 것, 전체를 위한 판단에서 나오는 것이다. 아렌트에게 정치적 정체성이란 개인이 자기 안에 복수의 필요와 욕구를 지니고 있지만 그것을 공적인 것에 희생시키고 정치적 자아를 얻는 것이다. 즉, 공공의 문제에 대한 관심을 매개로 하여 공적인 시민의 소임을 수행하는 과정이다.[19]

라일라는 백인남성위주 서구사회가 강요하는 '(북)아프리카(구식민지 출신 이주)인'이라는 집단적 정체성 때문에 수많은 차별과 소외를 경험한다. 하지만 라일라는 '야만적이고 부도덕하고 게으르고 가난한 집단'이라는 '(북)아프리카출신 (불법)이주자'에게 강제된 집단적 정체성을 거부한다. 그녀는 이주 과정에서 다른 유색인들의 차별문제 그리고 인권유린 문제에 대해 함께 분노하고 그들의 슬

---

19 아렌트가 『인간의 조건』에서 주장하는 공동의 목표를 설정하고 공동선의 추구하는 정치적 행위의 궁극적 목표는 인간 소외와 지구 소외를 감시하고 막는 것이다. 르 클레지오 역시 문화의 다원성과 혼종성을 주장하고 생태주의를 강조하고 억압받는 자들 특히 난민들과 이주민들의 인권 신장을 위해 목소리를 높이고 있다.

품과 고통에 공감하며, 그들과 연대하여 '세력'을 이루고 개선을 위해 노력하는 모습을 보여준다. 어린 자신을 사막 소수 부족 출신 '노예'라고 규정짓는 모로코를 떠나, 아프리카 및 서인도제도 식민지 출신 (불법)이주자들을 '바퀴벌레'처럼 멸시하는 프랑스를 떠나, 라일라는 미국의 대도시를 방황하면서 자신의 정체성을 올바로 세우기 위해 고군분투한다. 이렇게 라일라가 자신에 대해 왜곡된 정체성을 느끼는 이유는 다른 사람들이 '흑인/이주/여성'이라는 집단적 정체성으로 그녀를 '인종/문화/성 차별'하고 소외하기 때문이다. 이러한 차별을 극복하기 위해 라일라는 인간애와 우정을 바탕으로 다른 사람들과 관계망을 형성하고 자신과 타인의 정체성을 변화시켜 간다. 그녀의 정체성은 특정 국가나 문화 또는 인종에 의해 고정된 것이 아니라 다원성을 전제로 한 인간관계망 속 정치적 영역에서 변화한다.

대륙을 횡단하는 탈국경적 이주를 경험한 라일라의 음악에는 아프리카, 유럽, 서인도제도, 아메리카 (히스패닉 · 원주민) 출신의 이주민들에게서 배운 다양한 문화가 혼합되어 있으며, 고향을 떠나온 이주민들의 질곡의 세월 속 애환의 역사가 담겨있다. 라일라는 국경을 넘나드는 모험을 주저하지 않으며, 개방적 인간관계망 안에서 세계와 사람들과의 연결을 유지하고 그 공적영역에서 평등한 인권문제에 대해 공동의 해결책을 모색하는 정치적 인간으로 변화한다.[20] 결국,

---

20 아렌트가 『인간의 조건』에서 인간이 정치적 존재라고 강조한 이유는 바로 인간이 사적영역에서 고립되기보다는 공적영역을 확대해야 하는 사명을 역설하기 위함이다(2015:73-132). 아렌트에게 정치적 삶이란 권력 투쟁을 통한 이권창출이나 지배세력 구축이 아니라, 그것은 인

라일라는 자유로운 인간으로 활동적인 삶을 이끌 준비가 갖춰진 것이며, 반인권적 차별 문제를 정치적인 해결책으로 극복할 수 있다. 자신의 이주 경로를 거슬러 올라간 그녀는 '가난한 아프리카 이주 여성'이라는 자신의 운명을 개척했을 뿐만 아니라 이젠 다른 이주민들의 문제도 같이 해결할 힘을 가지게 된 것이다. '황금물고기'가 되어 돌아온 라일라는 사하라 사막 힐랄 부족이기도 하고, 모로코 아프리카인이기도 하고, 프랑스인이기도 하고, 미국인이기도 하고, 세계인이기도 한 그녀는 역동적인 정체성을 가진 인물로 성장했다.

> 나는 다른 이름, 다른 얼굴을 가지고 돌아왔다. 오래전부터 나는 이 순간을 기다려왔다. 이제 나는 내가 받았던 것을 되돌려줄 것이다. 어쩌면 나는 스스로 깨닫지 못하면서도 언젠가는 이런 순간이 오도록 하기 위해 그 모든 노력을 기울여왔던 것인지도 모른다. (황288) Je suis de retour, avec un autre nom, un autre visage. Il y a longtemps que j'attends cet instant, c'est ma revanche. Peut-être que sans m'en rendre compte, j'ai tout fait pour qu'il arrive. (P292)

『사막』과 『황금물고기』의 두 주인공 모두에게 사하라 사막으로 귀향하는 여정은 그들이 스스로 정체성을 구축하는 과정에 필수적

간이 도구적이며 사물화된 세계에서 벗어나 진정 타자 곁에 존재할 수 있도록 이끌어 준다. 그래서 인간은 정치적 삶 안에서 비로소 단순한 사회구성원으로서 생활하는 '사회적 동물'의 위상을 뛰어넘어 공동의 목표를 설정하고 공동선을 추구하는 진정한 의미의 인간, 즉 정치적 존재로서의 '정치적 인간'이 된다. 결국, 아렌트의 정치적 삶과 정치적 행위의 요체는 단절에서 관계로, 고립에서 소통으로 나가는 새로운 탄생, 새로운 시작을 의미한다.

이다. 하지만 가장 큰 차이점은 청의민족의 삶을 되찾기 위해 랄라가 사막으로 귀환한 반면, 라일라는 또 다른 출발을 위해 자신의 고향에 들렀다는 점이다.[21] 라일라는 모로코가 아닌 세계 그 어느 곳에서라도 자신의 삶을 살아갈 능력을 갖춘 독립적인 주체로 성장했으며, 미래에 대한 희망을 품고 있다. 르 클레지오가 랄라 이주 이야기 『사막』을 라일라 이주 이야기 『황금물고기』로 다시 쓴 이유는 이주민 스스로 운명을 개척하는 정치적 해법의 가능성을 보여주기 위함일 것이다.

3. 결론

르 클레지오는 『사막』과 『황금물고기』를 통해 이주민 소외 문제를 공론화하려는 의도가 크다. 1980년 출판한 전작의 랄라와 1996년 출판한 후작의 라일라 이주 서사가 변형된 이유 역시 시대적 변화에 기인한다고 해석된다. 작가가 『사막』에서 부각한 서사는 사하라 청의민족의 망각된 역사 복원하기와 랄라의 귀향을 통해 이루어진 사막 유목민 신화의 완성이었다면, 『황금물고기』에서 라일라의 이주 이야기는 보다 현실적이고 복합적인 이주자들의 문제(프랑스

---

21 『황금물고기』는 라일라가 프랑스인 장과 함께 또 다른 출발을 기대하는 것으로 끝이 난다. 레이 미모조-뤼이즈(2010:72-73)에 따르면 라일라가 프랑스 남자와 사랑하고 결합하는 이 소설의 결론을 통해 르 클레지오가 모로코의 전통과 프랑스 현대 사회 간의 타협책을 택한 것이라고 해석한다.

의 과거 식민지 출신 이주자들의 사회 갈등과 차별 문제, 불법 노동과 인신매매 문제, 미국에서의 유색인 갈등과 차별 그리고 원주민 소외 문제 등)를 제기하고 있다. 실제로 르 클레지오는 『황금물고기』를 통해 프랑스를 포함한 서구 유럽과 미국에서 이민자 문제에 대한 공적인 토론을 촉구한 것이며, 반이민정서가 커지면서 이를 악용한 프랑스의 극우정당과 미국의 극우정치 세력이 새롭게 힘을 얻기 시작하는 서구 사회에 대한 우려를 표명한 것이다.

르 클레지오가 『황금물고기』에서 모로코 출신 여성의 이주 서사를 담은 데에는, 프랑스에서 북아프리카 출신 이주민에 대한 반감이 가장 크기 때문일 것이다. 국민전선(FN)은 '문화적 인종주의'를 주장하면서,[22] 이주민들의 문화가 프랑스 고유문화를 사라지게 할 것이라고 선전하고, 프랑스 문화와 이주민 문화의 차이를 강조하여 그 결과 이주민 차별을 선동해 왔다.[23] 이 극우정당이 비판의 대상으로

---

22 타귀에프(Taguieff 1991)에 따르면 새로운 인종주의(néo-racisme) 또는 문화적 인종주의(racisme culturel) 란 문화차이를 절대화시키는 것으로, 집단 사이의 문화 차이를 명백히 밝히면서, 두 개의 문화의 융합이 각 문화의 유일한 특성을 사라지게 할 것이라는 주장이다(박단 2001:251 재인용). 극우정 당의 반이민 메시지는 1990년대부터 프랑스 국내에서 상당한 공감을 얻기에 이르며, 여론조사에서 프랑스에 거주하는 마그레브인들에 대한 반감이 꾸준히 증가했다.

23 1972년 창당된 프랑스 국민전선(Front National) 정당은 1980년대 이후 실질적 정치세력으로 지위를 확보해 간다. 그 배경으로 68혁명 이후 프랑스 사회가 겪은 커다란 변화에서 극우정당의 발전 요인을 찾을 수 있다(김세균 외. 2006). 1973-74년 석유파동을 계기로 프랑스 경제는 기존의 발전 동력을 상실한 채 고실업 상태가 지속하면서 이에 따른 국민적 불만과 불안심리가 사회에 팽배해졌다. 고전적 산업사회가 쇠퇴하면서 노동운동의 영향력이 축소했고, 그 결과 사회적 갈등상황에서 보편적 가치를 제공하는 기반을 상실했다. 그리고 1980년대 급격히 진행된 신자유주의적 가치의 보편화는 프랑스 공화주의적 가치(자유, 연대와 평등)를 흐리게 하고 개인주의에 입각한 '경제인'이라는 사회문화적 변화를 가져왔다. 또한, 유럽연합 구성과 세계화 물결 속에서 프랑스 민족의식의 복구에 대한 요구를 들 수 있다. 프랑스 극우정당은 1980년대 인종주의를 부각하여 대중적으로 확산하고 프랑스 사회 전역에 외국인 혐오

삼는 이주민은 북아프리카 출신자이며, 이슬람 문화의 차이성을 극대화하여 마그레브인에 대한 신인종주의를 퍼트렸다. 국민전선은 마그레브 이주자들이 프랑스의 전통적 문화를 파괴하는 위험한 집단이며, 그들이 도덕적으로 문제가 있으므로 범죄를 일으키고, 그들 때문에 사회적 안전에 문제가 생긴다고 선동했다. 국민전선은 1980년대부터 "200만의 이민=200만의 실업"이라는 슬로건을 내세우며, 실업의 원인을 이주민에게 돌리고 마치 이들이 범죄자인 것처럼 선전했다. 또한, 기존 정당들 역시 합법적 이민에 대한 규제 강화와 불법적 이민에 대한 철저한 통제로 이주민들을 실업과 사회적 불안전과 갈등 문제로 연계시키기는 마찬가지였다.

식민주의 역사를 바탕으로 오랜 세월 누려왔던 경제적 우위가 위축되자마자 서구유럽 국가에서 이주민에 대한 비판적이고 부정적인 여론이 형성되고 극단적인 정치 세력의 목소리가 커지는 현실을 르 클레지오는 참여문학으로 비판한다.[24] 그리고 성장 위주의 자본주의 세계화가 강화될수록 프랑스에서도 자유, 평등, 박애의 정신이나 세계인권선언과 관용의 이상적인 가치는 공허한 메아리가 되어 버리고, 현실에서는 타자를 차별하고 소외하는 비윤리적 현상이 늘어난다는 경종을 울리고 있다. 르 클레지오는 작가란 역사를 증언해야

(xénophobie)를 퍼트렸다.

24 1990년대부터 프랑스에서는 불법 이민자들의 '침입/잠입(infiltration)', 이민자들의 '침략/민족의 대이동(invasion)' 그리고 난민의 망명 권리 '남용(abus)'에 대해 이야기하기 시작했다(Thibault 2009:118).

하며, 또한 행동해야 한다고 주장한 바 있다.[25] 르 클레지오는 목소리를 내지 못하던 희생자들의 기억과 역사를 기록하기 위해 그리고 미래의 희망을 건설하기 위한 참여와 행동의 일환으로 작품을 써 온 것이며, 모로코 연작 역시 이 두 목표를 수행하기 위함이다. 르 클레지오는 프랑스의 식민주의 역사 속에서 희생당한 사하라 청의민족의 비극적 사건을 『사막』과 『하늘빛 사람들』에 담았으며, 『사막』과 『황금물고기』에서 이주자 소외 문제에 대한 각성을 촉구하고 이러한 공론화를 통해 프랑스 및 세계 독자들에게 이주자들의 한계상황과 인권침해 문제에 대한 관심을 독려하고 있다.

르 클레지오는, 역사를 서사의 중심에 위치시키고, 도덕적 책임감을 담아, 희생자들의 목소리를 대변하고 있다. 또한, 저자는 자신의 작품을 통해 '더 나은 세상'(2008)의 희망을 제시한다. 이를 위해 현재 지구에서 가장 고통받는 극빈자들과 소외당하는 이주민들에 관해 관심을 가지는 것이 위급하다고 주장한다. 르 클레지오는 자신의 인생에 가장 큰 영향을 준 역사적 사건은 바로 전쟁이라고 고백하며 전쟁의 폭력성과 힘없는 피해자들 특히 여성과 아이들의 고통과 아픔을 증언해왔다. 끝없이 전쟁을 반복하는 인류에게 유일한 희망은 결국 인간이며 특히 새롭게 태어나는 미래세대라고 주장하며, 이 때

---

25 "왜 글을 써야 하는가? 작가는 자신이 세상을 바꿀 수 있을 것이라는 자만을 버리고 자신의 글을 통해 더 나은 삶의 형태를 보여줘야 할 것이다. 적어도 작가는 세상의 증인이 되어야 한다. (...) 작가는 무엇보다 우선 행동하고 증언해야 한다. 글을 써야 하고, 상상해야 하며, 꿈 꿔야 한다. 자기의 말과 글 그리고 꿈과 상상력으로 사람들의 생각을 바꾸고, 감동을 주고, 더 나은 세상을 제시해야 한다." (Le Clézio 2008)

문에 절망하지 않고 현재 인류가 가진 수많은 문제점을 문학으로 공론화할 수 있는 것이다. 르 클레지오는 새로운 시작을 믿기 때문에 어두운 시대의 종말을 고하기 위해 그리고 미래의 희망을 꿈꾸기 위해 계속 작품을 쓰는 것이다.[26]

---

26 아렌트 역시 인간의 새로운 시작에 대한 희망을 말한다. "그러나 역사에서 모든 종말은 반드시 새로운 시작을 포함하고 있다는 진리도 그대로 유효하다. 이 시작은 끝이 줄 수 있는 약속이며 유일한 '메시지'이다. 시작은, 그것이 역사적 사건이 되기 전에 인간이 가진 최상의 능력이다. 정치적으로 시작은 인간의 자유와 동일한 것이다. (…) 새로운 탄생이 이 시작을 보장한다. 실제로 모든 인간이 시작이다." (2006b:284) 아렌트에게 인간의 탄생성은 인간의 모든 활동, 특히 행위 안에 이미 내재한 것으로 새로 오는 자가 무엇인가를 새롭게 시작할 능력을 의미한다. 이 탄생성은 인간이 자유로운 의사로 분명한 목적이나 동기를 갖고 책임 있게 행위를 하는 중에 나타나는 인간의 기본 조건에 상응한 능력이다. 아렌트는 인간의 탄생성과 정치적 행위를 연결하여 공적영역을 확대하며, 그 안에서 인간이 말과 행위를 통해 자신의 잠재성을 확장할 수 있다고 설명한다.

참고문헌

르 클레지오 작품

Le Clézio, J.M.G., *Le procès-verbal,* Gallimard, 1963.

Le Clézio, J.M.G., *Haï,* Skira, 1971.

Le Clézio, J.M.G., *Le Chercheur d'or,* Gallimard, 1985.

Le Clézio, J.M.G., *Voyage à Rodrigues,* Gallimard, 1986.

Le Clézio, J.M.G., *Onitcha,* Gallimard, 1991.

Le Clézio, J.M.G., *Étoile errante,* Gallimard, 1992.

Le Clézio, J.M.G., *La Quarantaine,* Gallimard, 1995.

Le Clézio, J.M.G., *Raga, Approche du continent invisible,* Seuil, 2006.

Le Clézio, J.M.G., *Dans la forêt des paradoxes,* Fondation Nobel, 2008.

Le Clézio, J.M.G., *Poisson d'or,* Gallimard, 2009(1ᵉʳ éd. 1997). (최수철 역,『황금물고기』, 문학동네, 2009.)

Le Clézio, J.M.G., *L'Africain,* Gallimard, 2009(1ᵉʳ éd. 2004).

Le Clézio, J.M.G., *Révolutions,* Gallimard, 2010(1ᵉʳ éd. 2003). (조수현 역,『혁명』, 열음사, 2007.)

Le Clézio, J.M.G., *Ritournelle de la faim,* Gallimard, 2010(1ᵉʳ éd. 2008)

Le Clézio, J.M.G., *Désert,* Gallimard, 2012(1ᵉʳ éd. 1980). (홍상희 역,『사막』, 책세상, 1988.)

Le Clézio, J.M.G., *Tempête : Deux novellas,* Gallimard, 2014.

Le Clézio, J.M.G., "Some Candid Thoughts on the Intercultural", *Contemporary French & Francophone Studies,* 19-2, 2015, 140-145.

Le Clézio, J.M.G., *Alma,* Gallimard, 2017.

Le Clézio, J.M.G., *Bitna, sous le ciel de Séoul*, Stock, 2018.

Le Clézio, J. et Le Clézio, J.M.G. (photo. Barbey, B.), *Gens des nuages*, Gallimard, 1997. (이세욱 역,『하늘빛 사람들』, 문학동네, 2008.)

그 외 자료

고현철,『탈식민주의와 생태주의 시학』, 새미, 2005.

김세균 외,『유럽의 제노포비아』, 문화과학사, 2006.

김해옥,「이효석의 서정 소설과 생태적 상상력」,『현대소설연구』, 23, 2004, 247-266.

민희식,『프랑스 문학사』, 3, 큰글, 2012.

박단,「현대 프랑스 사회의 인종주의」,『서양사론』, 70, 2001, 243-272.

송용구,『현대시와 생태주의 : 한국과 독일을 중심으로』, 새미, 2002.

이보영, 진상범, 문석우,『성장소설이란 무엇인가』, 청예원, 1999.

이재원,「탈식민주의 혁명가 프란츠 파농의 저항과 민족해방운동」,『역사와 문화』, 21, 2011, 275-299.

이홍필,「미셀 푸코의『담론과 질서』와 문학담론」,『영어영문학21』, 14, 1999, 75-88.

이희영,「르 클레지오의『떠도는 별』- 유대 민족과 팔레스타인 민족의 이주를 그린 역사 소설」,『프랑스학연구』, 68, 2014, 341-365.

이희영,「르 클레지오의『오니샤』와『아프리카인』연구 - 자전적 글쓰기와 반식민주의」,『프랑스문화예술연구』, 57, 2016, 233-271.

이희영,「르 클레지오의『허기의 간주곡』연구 -기억과 장소의 역학관계를 중심으로」,『프랑스문화예술연구』, 62, 2017, 333-372.

이희영,「르 클레지오의「폭풍우」에 나타난 신화적 세계」,『인문과학연구논총』, 41-4/64, 2020, 115-142.

정미라,「문화다원주의와 인정윤리학」,『범한철학』, 36, 2005, 211-233.

정옥상, 「르 클레지오의 이야기세계 속 사막」, 『열린정신 인문학연구』, 15(2), 2014, 331-353.

Adhikari, A., "When the Dodo Spoke French : Eco-memory in Le Clézio's *Alma*", *Contemporary French and Francophone Studies*, 24-3, 2020, 314-321.

Althusser, L., 서관모·백승욱 역, 『철학에 대하여』, 동문선, 1997.

Arendt, H., 이진우·박미애 역, 『전체주의의 기원 1, 2』, 한길사, 2006a,b.

Arendt, H., 이진우·정태호 역, 『인간의 조건』, 한길사, 2015.

Auerbach, E., 김우창·유종호 역, 『미메시스 1, 2』, 민음사, 1996a,b.

Balint, A., *Le processus de création dans l'œuvre de J.M.G. Le Clézio*, Brill, 2016.

Barrett, M. & McIntosh, M., 김혜경 역, 『가족은 반사회적인가』, 여성사, 1992.

Bluteau, M., "Comment pouvons-nous les renvoyer à la mort? Le vibrant plaidoyer de Le Clézio pour les migrants", *France Inter*, le 5 Oct. 2017 : https://www.franceinter.fr/culture/quand-jean-marie-gustave-le-clezio-lit-un-texte-inedit-sur-france-inter.

Brown, J. L. "A new book of flights: immigration and displacement in JMG Le Clezio's' *Poisson d'or*." *World Literature Today*, 71(4), 1997, 731-735.

Butler, J., 조현준 역, 『젠더 트러블 : 페미니즘과 정체성의 전복』, 문학동네, 2008.

Césaire, A., 이석호 역, 『식민주의에 관한 담론』, 동인, 2004.

Césaire, A.. 이석호 역, 『귀향 수첩』, 그린비, 2011.

Chatman, S., 김경수 역, 『영화와 소설의 서사 구조』, 민음사, 1995.

Cixous, H., 박혜영 역, 『메두사의 웃음』, 동문선, 2004.

Cixous, H. et Clément, C., 이봉지 역, 『새로 태어난 여성』, 나남, 2005.

Cohen, S., & Shies. L., 임병권, 이호 역, 『이야기하기의 이론』, 한나래, 1997.

(De) Cortanze, G., *J.-M.G. Le Clézio*, Gallimard, 2009.

Dărău-Ștefan, A., "*Alma* de Le Clézio, un voyage au pays de l'agapè." *Journal of*

Romanian Literary Studies, 16, 2019, 1328-1339.

Derrida, J., "Résponsabilité et hospitalité", *Manifeste pour l'hospitalité*, Paroles d'Aube, 1999, 111-124.

Fanon, F., 최종렬 역,『대지의 저주받은 자들』, 광민사, 1979.

Fanon, F., 이석호 역,『검은 피부, 하얀 가면』, 인간사랑, 1998.

Foucault, M., 이정우 역,『담론의 질서』, 새길, 1993.

Freedman, R., 신동욱 역,『서정소설론』, 현대문학, 1989.

Furlong, R., "Les discours littéraires mauriciens", in *Itinéraires et contacts de cultures*, L'Harmattan, 1983, 109-115.

Kennedy, R., "Multidirectional eco-memory in an era of extinction: Colonial whaling and indigenous dispossession in Kim Scott's *That Deadman Dance*", *The Routledge Companion to the Environmental Humanities*, Routledge, 2017, 268-277.

Levinas, E., "Entre nous", *Essais sur le penser-à-l'autre*, Grasset, 1991.

Lukács, G., 김경식 역,『소설의 이론』, 문예, 2007.

Lukács, G., 이영욱 역,『역사소설론』, KSI-ebook, 2002.

Manceron, G., 우무상 역,『프랑스 공화국 식민사 입문 - 인권을 유린한 식민침탈』, 경북대학교출판부, 2013.

Mohanty, C. T., 문현아 역,『경계없는 페미니즘』, 여이연, 2005.

Morris, P., 강희원 역,『문학과 페미니즘』, 문예출판사, 1997.

Nielipowicz, N., "La restitution des voix disparues dans *Alma* de Le Clézio", *Cahiers ERTA*, 20, 2019, 39-52.

Nora, P. *et al.*, 김인종 · 유희수 외 역,『기억의 장소 1, 3, 4』, 나남, 2010a,b,c.

Norberg-Hodge, H., 김종철 · 김태언 역,『오래된 미래』, 녹색평론사, 2001.

Paştin, I., "Métissages et interculturalité dans l'œuvre de J.M.G. Le Clézio", *Cotigo*, 2/3, 2010, 48-61.

Pien, N., *Le Clézio, la quête de l'accord originel*, L'Harmattan, 2004.

Rey Mimoso-Ruiz, B., "Le Maroc de Le Clézio : anthropologie poétique et spiritualité", in *Le Clézio, passeur des arts et des cultures*, Léger, T. *et al.*(dir), PU Rennes, 2010, 65-74.

Riegel, M., *et al.*, *Grammaire méthodique du français*, PUF, 1997.

Ricœur, P., 김한식 역, 『시간과 이야기 3』, 문학과 지성사, 2011.

Rothberg, M. l, "From Gaza to Warsaw: mapping multidirectional memory", *Criticism*, 53/4, 2011, 523-548.

Rousseau, J.-J., 주경복 · 고봉만 역, 『인간불평등 기원론』, 책세상, 2006.

Roussel-Gillet, I., *J.M.G. Le Clézio - écrivain de l'incertitude*, Ellipses, 2011.

Roussel-Gillet, I., "*Alma*(2017) de J.M.G. Le Clézio", *Les Cahiers Le Clézio*, 11, 2018, 187-191.

Salles, M., *Le Clézio notre contemporain*, PU Rennes, 2006.

Salomon, P., 김정수 · 장정웅 역, 『프랑스 문학』, 경북대출판부, 1987.

Taguieff, P.-A., *Face au racisme 2*, La Découverte, 1991.

Thibault, B., "Le livre des fuites de J.M.G. Le Clézio et le problème du roman exotique moderne", *The Franch Review*, 65/3, 1992, 425-434.

Thibault, B., *J.M.G. Le Clézio et la métaphore exotique*, Rodopi, 2009.

Thibault, B., "L'espace de la postmémoire dans *Alma*(2017) de J.M.G. Le Clézio", *Litteraria Copernicana*, 2-34, 2020, 59-68.

Tong, R., 이소영 · 정정호 역, 『(21세기) 페미니즘 사상』, HS MEDIA, 2010.

Veyne, P., 이상길 · 김현경 역, 『역사를 어떻게 쓰는가』, 새물결, 2004.

Viart, D., "Le silence des pères au principe du ≪récit de filiation≫" *Études françaises*, 45-3, 2009, 92-112.

**트랜스내셔널 디아스포라와
혼종적 정체성**

초판인쇄 2023년 12월 30일
초판발행 2023년 12월 30일

지은이 이희영
펴낸이 채종준
펴낸곳 한국학술정보(주)
주 소 경기도 파주시 회동길 230(문발동)
전 화 031-908-3181(대표)
팩 스 031-908-3189
홈페이지 http://ebook.kstudy.com
E-mail 출판사업부 publish@kstudy.com
등 록 제일산-115호(2000. 6. 19)

ISBN   979-11-6983-902-0 93860